हिन्द पॉकेट बुक्स

अनबुझी प्यास

दत्त भारती आधुनिक हिन्दी साहित्य के प्रमुख लेखक, कवि, नाटककार और सामाजिक विचारक थे। कहानी, कविताओं और लेखों के अलावा आपने कई सौ उपन्यास लिखकर साहित्य में अपना एक अलग विशिष्ट स्थान बनाया है। घर और स्कूल से प्राप्त आर्यसमाजी संस्कार, विश्वविद्यालय का साहित्यिक वातावरण, देशभर में होने वाली राजनैतिक हलचलें, बाल्यावस्था में आर्थिक संकट इन सबने आपको अति संवेदनशील, तर्कशील और विचारक बना दिया, जो आपके लेखन का आधार बना। आपको समाजसेवा एवं लेखन के लिए कई पुरस्कार भी मिले हैं।

अनबुझी प्यास

दत्त भारती

हिन्द पॉकेट बुक्स
पेंगुइन रैंडम हाउस इम्प्रिंट

हिन्द पॉकेट बुक्स

यूएसए। कनाडा। यूके। आयरलैंड। ऑस्ट्रेलिया। सिंगापुर
न्यू ज़ीलैंड। भारत। दक्षिण अफ्रीका। चीन

हिन्द पॉकेट बुक्स, पेंगुइन रैंडम हाउस ग्रुप ऑफ़ कम्पनीज़ का हिस्सा है,
जिसका पता global.penguinrandomhouse.com पर मिलेगा

पेंगुइन रैंडम हाउस इंडिया प्रा. लि.,
चौथी मंजिल, कैपिटल टावर -1, एम जी रोड,
गुड़गांव 122 002, हरियाणा, भारत

पेंगुइन
रैंडम हाउस
इंडिया

प्रथम संस्करण हिन्द पॉकेट बुक्स द्वारा 1974 में प्रकाशित
यह संस्करण हिन्द पॉकेट बुक्स में पेंगुइन रैंडम हाउस द्वारा 2022 में प्रकाशित

10 9 8 7 6 5 4 3 2

इस पुस्तक में व्यक्त विचार लेखक के अपने हैं, जिनका यथासंभव तथ्यात्मक
सत्यापन किया गया है, और इस संबंध में प्रकाशक एवं सहयोगी
प्रकाशक किसी भी रूप में उत्तरदायी नहीं हैं।

ISBN 9789353496494

मुद्रकः रेप्रो इंडिया लिमिटेड

www.penguin.co.in

MIX
Paper from
responsible sources
FSC® C047271
FSC www.fsc.org

This is a legitimate digitally printed version of the book and therefore might not
have certain extra finishing on the cover.

अनबुझी प्यास

बंबई के सांताक्रुज़ हवाई अड्डे पर डाक्टर सर्जन सुरेश कपूर को लेने के लिए उसके पिता डाक्टर सीताराम कपूर ने विशेष रूप से स्वागत का प्रबन्ध कर रखा था।

वह अपने साथ-साथ सारे सम्बन्धियों,मित्रों और विशेष मरीज़ों को, जिनके साथ अब गहरी धनिष्ठता हो गई थी, लाए थे। प्रत्येक के हाथों में फलों का एक हार था। स्वयं सीताराम और उनकी पत्नी के हाथ में लम्बी-लम्बी फूल-मालाएं थीं जो चरणों तक स्पर्श करती थीं और खास तौर पर बनवाई गई थीं।

इसके अतिरिक्त एक फोटोग्राफर था जिसने दर्जनों चित्र उतारने थे।

आज डाक्टर सीताराम कपूर के जीवन का बहुत महत्त्वपूर्ण दिन था। उनके जीवन की सबसे बड़ी महत्त्वाकांक्षा पूर्ण हुई थी। उनका बेटा सुरेश कपूर एम० आर० सी० एस० करके विलायत से लौट रहा था।

जहाज़ आकाश में दृष्टिगोचर हुआ। सबकी दृष्टि उधर उठ गई, और एक शोर उत्पन्न हो गया—जहाज़ आ गया, जहाज़ आ गया···।

कुछ क्षणों में कान्स्टालेशन रन वे पर या। फिर वह दौड़ने लगा और जब टावर के निकट पहुंचा तो दौड़ समाप्त हो गई। अब वह हलकी चाल से वहां पहुंच रहा था जहां सीढ़ी लगाई हुई थी।

एक-एक करके यात्री उतरने लगे।

"वह आ गया।"

"वह रहा।"

"सुरेश वह है।"

एक शोर मच गया।

सुरेश के कंधे पर एक बैग लटक रहा था। दूसरे कंधे पर मूवी कैमरा था। एक बाज़ू पर ओवर कोट था। एक हाथ में बैग था।

"सुरेश सामान बहुत लाया है।" मां ने कहा।

"देखती जाओ। अभी असली सामान तो लोडर उतारेंगे।"

"मैं इससे मिल नहीं सकती ?"

"नहीं। कस्टम होगा। फिर पासपोर्ट चेकिंग होगी। तब वह बाहर आएगा।" डाक्टर सीताराम ने कहा।

"ओह!" मां का दिल डूब गया, "अभी और प्रतीक्षा करनी पड़ेगी! इतने वर्ष प्रतीक्षा की है!"

"जब इतने वर्ष प्रतीक्षा कर ली, तो अब केवल एक या पोन घंटे की बात है। यह प्रतीक्षा अधिक नहीं। अब तो तुमने उसे देख लिया है।"

"लेकिन मैं उसे गले लगाना चाहती हूं।"

"बस थोड़ी देर और है।" डाक्टर सीताराम ने पत्नी को आश्वासन दिया।

जिस जंगले के पास वे खड़े थे उससे कुछ गज़ दूर से यात्री गुज़रकर कस्टम हाल में जा रहे थे।

मां अपनी बेकरारी और बेताबी पर काबू न रख सकी, इसलिए वह चिल्ला पड़ी, "सुरेश! सुरेश बेटां!"

सुरेश ने आवाज़ सुनी। मुस्कराकर इन्हें देखा और हाथ हिलाकर बिल्डिंग में प्रविष्ट हो गया।

"रुपये तुम्हारे पास हैं न ?" डाक्टर सीताराम ने पूछा।

"हां, हां। लेकिन कितना कस्टम लगेगा ?"

"यह तो बाद में पता चलेगा। न मालूम वह क्या कुछ लाया है।"

"टेप रिकार्डर लाया होगा।" बहन रमा बोली।

"अवश्य।" डाक्टर सीताराम ने कहा।

"और मेरे लिए साड़ियां।" रमा ने कहा।

"वह भी।"

"मेरे लिए क्या लाया होगा ?" मां ने प्रश्न किया।

"जो तुमने लिखवाया था, वह सब कुछ। लेकिन ये तो आम चीज़ें हैं। वह बहुत बड़ी चीज़ लाया है। एम० आर० सी० एस० की डिग्री। देश में गिनती के एम० आर० सी० एस० हैं। और मेरा बेटा इनमें से एक है।" डाक्टर सीताराम ने गर्व से कहा।

"वह तुम जानो। मैं तो नाम भी याद नहीं रख सकती। बस यह जानती हूं कि बहुत बड़ा डाक्टर बन गया है।" मां ने कहा।

"डाक्टर नहीं, सर्जन डाक्टर।" सीताराम ने कहा।

"अब मैं यह अन्तर क्या जानू! आखिर है तो डाक्टर ना!" मां ने सरलता से कहा।

"हां, हां।" डाक्टर सीताराम इस अनपढ़ पत्नी से विवाद नहीं करना चाहते थे।

समय बड़ी मुश्किल से व्यतीत हो रहा था। वे वहां से हट-कर अब कस्टम हाउस के बाहर खड़े थे और देख रहे थे कि सुरेश का सामान आ गया था और वह कस्टम करा रहा था।

भगवान का नाम लेकर वह कस्टम से निवृत्त हुआ और बाहर की ओर आने लगा। सब लोग आगे बढ़े।

सुरेश बाहर आ गया। लोग हार पहनाने को बेताब थे। फोटोग्राफर अपनी जगह तैयार था।

"बेटा!" मां बेताबी से आगे बढ़ी।

"मां!" कहकर सुरेश पांव को हाथ लगाने के लिए झुका।

लेकिन मां ने उसे गले लगा लिया।

उसने पिता के चरण स्पर्श किए। पिता ने भी गले लगाया।

"भैया!" रमा भी आगे बढ़ी।

"रमा! अरे तू तो सयानी हो गई है!"

"हां।"

"पिताजी!" सुरेश बोला।

लोग हार पहनाने लगे तो सुरेश ने हाथ के संकेत से रोका और कहा, "केवल दस मिनट और रुक जाइए। अभी कस्टम में काम बाकी है। फिर मैं बाहर आता हूं।"

लोग रुक गए।

"पिताजी, आपके पास तीन हज़ार रुपये हैं?"

"तीन हज़ार!" कहकर डाक्टर ने पत्नी को देखा।

"बेटा, दो हज़ार हैं।" मां बोल पड़ी और नोट निकालने लगी।

"खैर, कोई बात नहीं। मेरे पास पाउंड हैं, मैं वह दे दूंगा। आप दो हज़ार दे दें।"

"यह लो बेटा।" कहकर मां ने नोट बढ़ाए।

"मैं अभी आया।" कहकर सुरेश वापस कस्टम हाल में चला गया और लोग प्रतीक्षा करने लगे।

"इतना रुपया!" मां बोली।

"इसका अर्थ है सुरेश बहुत कुछ लाया है।" डाक्टर सीताराम बोले।

"सुना नहीं, उसने कहा था कि उसके पास पाउंड भी हैं! न मालूम कितने हज़ार की कीमत के होंगे!"

"मैं तो कल ही लाला गिरधारी के यहां कह देती हैं। बस एक मास के भीतर ब्याह हो जाए। अब मैं और नहीं रुक सकती।" मां ने कहा।

"इतनी बेताबी!" डाक्टर सीताराम हंसकर बोले, "अरे, अब क्या जल्दी है! अब वह आ गया है। ब्याह भी हो जाएगा।"

"जल्दी क्यों नहीं? अठाईस वर्ष का तो हो गया है। आधी उम्र तो पढ़ने में गुज़ार दी।" मां ने गिला किया, "आप मुझे अब भी रुकने को कह रहे हैं!"

"मैं रुकने को नहीं कह रहा हूं। मैं तो कह रहा हूं कि आज की बातें आज की बातें आज करेंगे और कल की बातें कल।"

"कमाल कर दिया है डाक्टर साहब ने। बेटे को कितनी ऊंची शिक्षा दिलाई है!" भीड़ में से एक बोला।

"अरे बेटे का भी तो जवाब नहीं जो इतना होनहार निकला। वरना लोग तो विलायत जाकर पढ़ते ही नहीं।" दूसरा बोला।

"कितनी अच्छी संतान है! आज भी विलायत से आया है, लेकिन भारतीय सभ्यता को भूला नहीं। माता-पिता के चरण छुए।"

"हां जी, बहुत ही अच्छा लड़का है। वरना अब मां-बाप के पांव को हाथ कौन लगाता है! अब तो मां-बाप, अध्यापक, बड़े-बुज़ुर्ग, किसी्ग की इज़्ज़त ही नहीं रही।"

"वे लोग खोखले हैं, खानदानी नहीं। अपनी संस्कृति अपनी

संस्कृति है। इसे भुला देना कहां की अक्लमंदी है!"

"फिर भी नेक और अच्छी संतान बहुत बड़ी जायदाद है।"

"बिलकुल, इसमें क्या संदेह है!"

"लेकिन सब लोग इन बातों को कहां समझते हैं! अब तो पैसा ही सब कुछ है। कोई पिता नहीं, कोई माता नहीं, कोई बेटा नहीं, कोई बेटी नहीं। केवल धन ही सब कुछ है।"

"खैर जी, नेक संतान बहुत बड़ा धन है।'

"इसमें कोई संदेह नहीं।"

और डाक्टर सीताराम का गर्व से सिर ऊंचा था कि भगवान ने उन्हें नेक संतान दी थी।

आखिर डाक्टर सुरेश कस्टम से निबटकर बाहर आ गया।

सबसे पहले मां ने हार पहनाया और बलाएं ली, फिर पिता ने, फिर बहन ने और उसके पश्चात् उसे हारों से लाद दिया गया। फोटोग्राफर अपना काम करता रहा।

हवाई अड्डे के शेष लोग इन्हें देखने लगे और एक-दूसरे से पूछने लगे, "क्या यह कोई बहुत बड़ा अफसर है?"

वह सबसे मिला। और फिर सामान बाहर आ गया। तीन सूटकेस और पांच गत्ते के बड़े-बड़े डिब्बे थे।

डाक्टर सीताराम ने विशेष रूप से तीन प्राइवेट टैक्सियों का प्रबन्ध किया था। जितने लोग इनमें समा सकते थे, समा गए। शेष अपने मोटर साइकिलों या कारों पर रवाना हो गए।

तमाशा खत्म हो गया था।

"बेटा, तू कितना दुबला हो गया है!" मां ने कहा।

"मां, मैं दुबला हो गया हूं?" सुरेश ने हंसकर कहा, "मेरा तो पन्द्रह पौंड वज़न बढ़ गया है।"

"बेटा, तुमने विलायत में मीट तो नहीं खाया?" मां ने पूछा।
"नहीं मां, बिलकुल नहीं।"

"यदि खाया है तो कल हरिद्वार जाकर गंगा नहा आओ।" मां ने कहा।

"नहीं मां, इसकी आवश्यकता नहीं।" सुरेश ने हंसकर कहा।

"तो ठीक है। बस, अब मैं तुम्हारा विवाह एक मास के भीतर कर देना चाहती हूं।" मां ने कहा।

"मां, अभी तो मैं आया हूं। घर भी नहीं पहुंचा। अब आ

गया हूं तो विवाह भी करा लूंगा।"

"नहीं बेटा, अब मैं प्रतीक्षा नहीं कर सकती। अठाईस वर्ष का तो हो गया है। हमारे समय में बीस वर्ष के लड़के का विवाह हो जाता था। तुम्हारा विवाह हो जाए तो रमा का विवाह करना है। मैंने गिरधारीलाल की लड़की पसन्द कर रखी है। और लेन-देन की बात भी हो गई है। वह तीस हज़ार देने को तैयार हैं।"

"तीस हज़ार!" सुरेश बोला, "मां! इससे अधिक तो मैं पढ़ाई के साथ-साथ एक वर्ष में कमा लेता था।"

"सुन लिया भागवान! अब गिरधारीलाल की लड़की के बारे में सोचना पड़ेगा। तीस हज़ार तो एम॰ बी॰ बी॰ एस॰ डाक्टर को दहेज में मिल जाते हैं। यह तो एम॰ आर॰सी॰ एस॰ है।" पिता बोले।

"है तो डाक्टर ना?"

"क्या बात है पिताजी, अभी तक यह लानत खत्म नहीं हुई? अभी भी हमारी बिरादरी सौदेबाज़ी करती है? लड़के खरीदती है?"

"बेटा, यह कभी खत्म नहीं हो सकता।" पिता ने कहा।

"हे भगवान! खैर, आराम से बैठकर बातें करेंगे।" सुरेश बोला।

"भैया, मेरे लिए क्या लाए?"

"जो तुमने लिखा था।"

"सब कुछ?"

"सब कुछ।"

"टेप रिकार्डर लाए?"

"वह भी लाया हूं।"

"और क्या लाए हो?" रमा ने पूछा।

"अब बेटी घर चलकर देख लेना। इतने डिब्बे हैं, तीन सूट-केस हैं। इनमें कुछ होगा ही।" पिता बोला।

"घबराओ नहीं रमा, मैं बहुत कुछ लाया हूं।"

"बस, अब बहू भी ले आ।" मां बोली।

"अच्छा मां, तुम इतनी चिंतातुर क्यों हो? अब मैं आ गया हूं, विवाह भी कर लूंगा।"

"भैया, क्या वहां कोई मेम नहीं मिली?" रमा ने पूछा।

"क्यों ?"

"मुझे तो डर था कि मेम न ले आओ।"

"मैं उसकी चोटी पकड़कर घर से निकाल देती।" मां बोली।

"मां, मेम की चोटी नहीं होती।" सुरेश ने हंसकर कहा।

"अब यह गरीब क्या जाने!" डाक्टर सीताराम भी हंसी में सम्मिलित हुए।

"वैसे भैया, बहुत-सी लड़कियां विवाह करना चाहती होंगी ?"

"क्यों नहीं! लेकिन मुझे वह विवाह पसन्द न था। उसकी एक वजह यह थी कि फिरंगी की उम्र समझ में नहीं आती। एक डाक्टर भी धोखा खा सकता है। मेरे पास इलाज के लिए आती तो जिनकी आयु मैं पच्चीस वर्ष समझता, वे तीस और पैंतीस वर्ष की होतीं। और जो हिन्दुस्तानी ब्याह करते हैं, वे केवल सफेद चमड़ी देखते हैं। उम्र के मामले में धोखा खा जाते हैं।" सुरेश ने कहा।

इसी प्रकार की बातें होती रहीं। कार दौड़ती रही। यहां तक कि घर आ गया। कारों को देखकर सारा मुहल्ला जमा हो गया। लोग बधाई देने लगे। बच्चे कारों को छु-छकर देखने लगे।

"कुछ भी नहीं बदला।" सुरेश ने गहरा सांस लेकर कहा।

"बेटा, यह मध्यम बल्कि निम्न-मध्यम वर्ग का इलाका है। इतनी आसानी से बदल नहीं सकता। और न ही इनकी इतनी आय हो सकती है जो ये बदल जाएं।" डाक्टर सीताराम बोले।

लोगों ने सामान उतारा। वे यह काम करते हुए स्वयं को हीन न समझते थे बल्कि गर्व अनुभव कर रहे थे कि विलायत से आए सामान को कुलियों की भांति उठा रहे थे।

वे घर के भीतर चले गए तो सुरेश ने कहा, "लो मैं पहले वह सामान निकालता हूं जो आप लोगों के लिए लाया हैं।"

"भैया जल्दी करो। मैं कल कालेज जाकर अपनी सहेलियों को बताऊंगी।" रमा ने कहा।

"बताओगी या दिखाओगी? तुम्हारे लिए ऊनी स्वेटर, ट्रांस्पेरेंट ब्लाउज़, साड़ियां लाया है। मां के लिए भी साड़ियां लाया हूं।" कहकर वह एक के बाद एक सूटकेस खोलता गया, और सामान बिखेरता गया।

"वाह ! वाह !"

"बहुत खूब !"

"कपड़ा इसे कहते हैं।"

"विलायती कपड़े की शान ही और है।"

सब सामान बंट गया।

"पिताजी, मैं आपके लिए मोहर का सूट लाया हूं।"

"मेरे लिए सूट ? बेटा, अब मैं सूट क्या पहनूंगा !"

"क्यों नहीं, आप विवाह के दिन पहनेंगे।" मां बोली।

"हां, हां।" डाक्टर सीताराम कपड़ा नचाते हुए बोले, "बेटा, यह तो बहुत कीमती होगा ?"

"अधिक नहीं। केवल चौदह पाउंड का है। वैसे यहां पांच सो से कम न मिलेगा।"

"पांच सौ का सूट !" मां बोली।

"ओह मां, इससे कम पिताजी के लिए क्या लाता ! आखिर पिताजी भी तो मेरी तरह डाक्टर हैं।"

"अरे बेटा, मैं कहां का डाक्टर ! केवल एल० एस० एम० एफ०। डाक्टरी की सबसे छोटी डिग्री, बल्कि डिप्लोमा कहो।"

"लेकिन पिताजी, इसीके आधार पर मैं आज एम० आर० सी० एस० बना हूं।" सुरेश ने हंसकर कहा।

'हां बेटा, यह सच है। तुम्हें एम० आर० सी० एस० बनाने में मैंने जीवनदान दिया है। मैंने कोई सम्पत्ति नहीं बनाई। मैं आज भी किराये के मकान में रह रहा हूं। मेरे पास सवारी के लिए साइकल है। पहले एम० बी० बी एस० कराने में मैंने अपना और घर के सदस्यों का पेट काटा, मोटा पहना; लेकिन मेरी केवल एक लगन थी कि मैं तुम्हें बहुत बड़ा डाक्टर बना देखना चाहता था। और आज तुम सूट लाए हो। धन्यवाद ! लेकिन मुझे तो तुम्हारी डिग्री पर गर्व है। आज मेरे जीवन की सबसे बड़ी अभिलाषा पूरी हो गई है। आज मैं गर्व से कह सकता हूं कि मेरा बेटा विलायत की सबसे ऊंची डाक्टरी की शिक्षा प्राप्त है। और एक दिन सबसे बड़ा सर्जन बनेगा।"

"पिताजी, भगवान ने चाहा तो आपके आशीर्वाद से एक दिन ऐसा ही होगा। मैं एक दिन सफल सर्जन बनूंगा और आपका नाम ऊंचा करूंगा।"

"जुग-जुग जीओ मेरे बेटे !"

"भैया, क्या एम० आर० सी० एस० सबसे बड़ी डिग्री है?"

"हां, रमा।" डाक्टर सीताराम बोले।

"नहीं पिताजी, ऐसा न कहिए।" सुरेश ने कहा।

"तो क्या यह गलत है?" रमा बोली।

"गलत तो नहीं, एम० आर० सी० एस० बहुत बड़ी डिग्री है। बल्कि सच तो यह है कि यह डिग्री नहीं डिप्लोमा है। क्योंकि यहां तो एम० एस० को डिग्री कहते हैं और वहां एम० आर० सी० एस० को भी डिप्लोमा कहते हैं।"

"तो क्या एम० आर० सी० एस० की कद्र अधिक नहीं?" डाक्टर सीताराम के दिल को धक्का लगा था।

"क्यों नहीं पिताजी! बल्कि एम० एस० करने के लिए किसी एम० आर० सी० एस० के अधीन काम करना पड़ता है। खैर, ये बातें तो होती रहेंगी, पिताजी, मैं आपके लिए एक और तोहफा लाया हूं।"

"वह क्या?"

"ब्लड प्रेशर देखने का आधुनिक यंत्र।"

"यह तो काम की बात हुई।"

"भैया, इन गत्ते के डिब्बों में क्या है?"

"एक में तो टेप रिकार्डर है और शेष डिब्बों में मेरा सामान है, डाक्टरी का, जो यहां नहीं मिलता। और ये सब आधुनिक यंत्र हैं।"

"मिसाल के तौर पर," डाक्टर सीताराम बोले, "आडिओ-मीटरी की मशीनें।"

"वह किस काम आती है?" रमा बोली।

"कानों की बीमारियां जानने के लिए यह आधुनिक मशीन है। भारत में ऐसी बहुत कम हैं। शायद किसी बहुत बड़े अस्प-ताल में हो।" सुरेश ने कहा।

"भैया, तुम कह रहे थे, एम० आर सी० एस० से भी कोई बड़ी डिग्री होती है। उसको क्या कहते हैं?"

"एफ० आर० सी० एस०।"

"क्या मतलब?"

"एम० आर० सी० एस० का मतलब है, 'मेम्बर आफ दि रायल कालिज आफ सर्जन्स' और एफ० आर० सी० एस० का

मतलब है, 'फेलो आफ दि रायल कालिज आफ सर्जन्स'।"

"क्या वह बहुत मुश्किल है?"

"थोड़ी-सी। लेकिन लोग वह भी पास करके आते हैं।"

"तो तुमने क्यों नहीं की?"

"इसका भी कारण है। एक तो मेरे पास समय कम था। दूसरे अंग्रेजों को भारतीयों को फेलोशिप देने में कष्ट बहुत होता है। वे भारतीयों को अब भी नीचा ही देखना चाहते हैं, अपने बराबर नहीं।"

"यह भावना अभी तक शेष है?" डाक्टर सीताराम बोले।

"हां पिताजी। यद्यपि भारतीय फेलोशिप कर सकते हैं, लेकिन प्रोफेसर इन्हें पास नहीं करते। जो कई वर्ष प्रतीक्षा कर सकते हों, वे करके आते हैं।"

"भैया, तुम किस चीज़ के डाक्टर हो?"

"मैं डाक्टर नहीं हूं।"

"फिर?"

"मैं सर्जन हूं।"

"इसमें क्या अन्तर है? यहां तो हर डाक्टर बोर्ड पर फिज़ीशियन और सर्जन लिखवाता है।"

"वे फोड़े-फुंसियों की सर्जरी कर सकते हैं, इसीलिए स्वयं को सर्जन कहते हैं। बड़े-बड़े आपरेशन केवल सर्जन ही कर सकते हैं।"

"ऐसी बात नहीं बेटा," डाक्टर सीताराम बोले, "कुछ पुराने एम॰ पी॰ सी॰ भी बेहतरीन सर्जन हैं। और पंजाब का एक सर्जन तो माना हुआ सर्जन है।"

"हां पिताजी, वह अपनी मेहनत और लगन से सफल हुए। लेकिन अब तो समय बदल गया है। मेडिसिन में कई शाखाएं निकल आई हैं और इसी प्रकार सर्जरी में भी। और अब लोग केवल एक बीमारी पर पूर्ण शिक्षा प्राप्त करने के लिए डिग्री प्राप्त करते हैं।"

"अच्छा, ये बातें तो हो लीं।" मां बोल पड़ी, "अब काम की बात करो; तो मैं कल गिरधारीलाल की पत्नी से मिलूं?"

"तुम गिरधारीलाल की पत्नी से मिल लेना। अब जल्दी क्या है।" सीताराम ने कहा।

"लेकिन अब मैं देर नहीं कर सकती।"

"अच्छा, अच्छा, अब सुरेश के लिए खाना तैयार करो।"

"हां, मां, यह हुई काम की बात। हिन्दुस्तानी खाना खाने को तो मैं तरस गया हूं।"

"तो वहां विलायत में भारतीय रेस्टोरेंट नहीं?" रमा ने प्रश्न किया।

"हैं, लेकिन बहुत महंगे हैं।"

"फिर तुम क्या करते थे?"

"जो प्रत्येक भारतीय करता है। सर्दी वहां बहुत होती है। फ्रिज की आवश्यकता नहीं पड़ती। भारतीय एक दिन दाल पका लेते हैं और सात दिन खाते हैं।"

"सात दिन की बासी दाल?" मां बोली।

"हां, मां। लेकिन वहां सर्दी में बासी नहीं होती।"

"अरे लानत है। मैं तेरे लिए गर्म-गर्म पूरी, हलुआ और आलू की तरकारी बनाती हूं।" कहकर वह रसोईघर को बढ़ गई।

"भया, इंग्लैंड की और बातें सुनाओ। मेरी दो सहेलियां हैं जिनके भाई इंग्लैंड में हैं। वे तो बहुत रोब डालती हैं।"

"क्या मतलब?"

"टेरेलीन के कपड़े, नाइलोन के लिबास!"

"रमा, उनकी बात छोड़ो। वहां भारतीय कुलियों और मज-दूरों की भांति मेहनत करते हैं और जैसा मैंने कहा कि एक रोज़ दाल पकाते हैं और सात रोज़ खाते हैं। नौकर वहां होते ही नहीं। केवल करोड़पति लोग ही नौकर रख सकते हैं। लखपति भी नहीं। तुम सुनकर हैरान होगी कि वहां बाथरूम स्वयं साफ करना पड़ता है। वहां मेहतरानी भी नहीं होती।"

"तुम्हारा मतलब टट्टी से है?"

"हां। ऐसे-ऐसे घटिया और नीच काम करते हैं कि सुनो तो शर्मा जाओ। वे केवल रुपया कमाने गए हैं। जब वहां से आते हैं तो कुछ चमकते कपड़े खरीद लेते हैं और यहां आकर रोब डालते हैं। वहां इनकी दशा शोचनीय है। पैसा खर्चते नहीं क्योंकि कमाने जाते हैं।"

"और मेरी एक सहेली कहती है कि उसके भाई की वहां कोठी है।"

"ठीक कहती है। वहां अंग्रेज़ों को संपत्ति से घृणा है। टैक्स

बहुत हैं। केवल बूढ़ी विधवा महिलाएं गेस्ट हाउस चलाने के लिए जायदाद रखती हैं या फिर हिन्दुस्तानी, जिन्हें जायदाद से प्रेम है। यहां एक हज़ार रुपया मासिक कमाने वाला नौकर रख सकता है। पांच सौ कमाने वाला बर्तन साफ करने वाली नौकरानी रख सकता है। लेकिन वहां नहीं।"

"अच्छा रमा। अब सुरेश को बोर न करो। इसे स्नान करने दो और तुम जाकर मां का हाथ बंटाओ।"

"बेहतर।" कहकर रमा चली गई।

बल्कि महफिल स्थगित हो गई।

दो

पन्द्रह दिन में सुरेश का आगम पुराना हो गया। मिलने वाले आकर मिल गए थे। जिन्होंने आमंत्रित करना था, वे आमंत्रण से निबट गए थे। केवल पन्द्रह दिन बाद यूं आभास होने लगा कि सुरेश कभी विलायत गया ही न था। अब तो घर में भी विलायत की बातें न होती थीं। विलायत की जितनी बातें थीं, उनका भण्डार खत्म हो गया था। सुरेश भी अब वातावरण और बंबई शहर से घुलमिल गया था। जो अजनबीपन पहले दिन था, वह अब खत्म हो गया था।

पन्द्रह दिन बाद एक शाम वह घर में प्रविष्ट हुआ तो डाक्टर सीताराम ने कहा, "बेटा, खाना खाकर आए हो या खाओगे?"

"पिताजी, खाऊंगा।"

"तो खा लो। आज मैं कुछ ज़रूरी बातें करना चाहता हूं।"

"तो खाने की मैं प्रतीक्षा कर सकता हूं। मुझे ऐसी भूख नहीं।"

"नहीं बेटा, खा लो, ताकि तुम्हारी मां रसोई समेट दे। वरना वह प्रतीक्षा करती रहेगी।"

"बेहतर।"

दस मिनट में सुरेश ने खाना खा लिया। फिर वह बैठक में चला गया। उसके पिताजी उसकी प्रतीक्षा कर रहे थे।

"आओ बेटा, बैठो।"

"जी!" कहकर सुरेश बैठ गया।

“बेटा, समझ में नहीं आता कि कहां से शुरू करूं। बहुत-सी बातें करनी हैं। इसलिए दिमाग उलझ गया है।”

“कहीं से भी शुरू कर डालिए। रात अपनी है।” सुरेश ने हंसकर कहा, “मैं जाग सकता हूं, आखिर एक सर्जन हूं।”

“हां, हां। खैर, यहां से शुरू करते हैं।”

“जी।”

“तुम्हें आए पन्द्रह दिन हो गए हैं।”

“जी हां।”

“मैं इतने दिनों केवल इसलिए चुप रहा कि पहले तुम इस देश और इस शहर में घुलमिल जाओ, जहां तुमने जन्म लिया है, बचपन गुज़ारा है और शिक्षा प्राप्त की है। मैं जानता हूं, इंग्लैंड से आने के बाद यह बंबई शहर तुम्हें एक गांव नज़र आता होगा, क्योंकि यहां हर जगह समस्याएं हैं। बसों में जगह नहीं। लोग पैदल चलना नहीं जानते। ट्रेफिक का अजीब हाल है।”

“जी हां, पिताजी। इस शहर में सिविक सेन्स बिलकुल नहीं, फिर भी मेरा अपना शहर है। विलायत का सा तो जीवन नहीं, लेकिन बंबई का मेरीन ड्राइव इलाका बुरा नहीं।”

“हां। वहां थोड़ा अनुशासन है, और सफाई भी। सड़क भी साफ हैं, और अच्छी दशा में हैं।” पिता बोले, “लेकिन हमें वह इलाका नसीब नहीं। अपनी आय में हम इस पुराने शहर में ही निर्वाह कर सकते हैं।”

“खैर, समय आने दीजिए। एक दिन हम वहां होंगे।”

“मुझे पूरा विश्वास है। आखिर संतान से यही आशा तो रखी जाती है। अच्छी संतान बहुत बड़ी पूंजी है। और तुम एक होनहार बेटे हो। बुद्धिमान भी।”

“जी।”

“अच्छा बेटा, अब मैं पहला प्रश्न करता हूं।”

“अवश्य।”

“मैं जानता हूं, तुम दिन का अधिकांश भाग बाहर बिताते हो। और मैं जानता हूं कि तुम रेस्टोरेंट या सिनेमा हाउस में समय नष्ट करने वाले लड़के नहीं। जहां तक मैं समझता हूं, तुमने अपने भविष्य सम्बन्धी जानकारी प्राप्त करने की चेष्टा की होगी। क्या यह ठीक है?” डाक्टर सीताराम बोले।

"जी, बिलकुल।"

"फिर किसी नतीजे पर पहुंचे हो?"

"अभी नहीं। लेकिन किसी हद तक फैसला कर पाया हूं।"

"मैं सुनना चाहता हूं।"

"पिताजी, मैं अस्पतालों में भी गया हूं, लेकिन इनकी दशा देखकर बहुत निराशा हुई। पश्चिम और अमरीका में सारे यंत्र इलेक्ट्रानिक के प्रयोग वाले होते हैं। लेकिन यहां तो दकियानूसी बल्कि भद्दे तरीके से इलाज किया जाता है।"

"खैर, यूरोप और अमरीका से हम पचास वर्ष पीछे हैं।"

"शायद अधिक। फिर भी मैंने अस्पतालों का निरीक्षण किया है। यहां मुझे रजिस्ट्रार की नौकरी मिल सकती है।"

"मैं सुन रहा हूं। सारी बात सुनने के बाद राय दूंगा।"

"एक सूरत तो यह है। दूसरी यह कि मुझे कालेज में सहकारी प्रोफेसर की नौकरी मिल सकती है।"

"हूं।"

"लेकिन तीसरी सूरत भी है। विलायत से जो शिक्षा प्राप्त करके लौटते हैं, कुछ फिज़ीशियन और सर्जन मिलकर एक क्लिनिक खोल लेते हैं। जैसे एक हार्ट स्पेशलिस्ट, एक सर्जन, और इनके अतिरिक्त स्किन अर्थात् त्वचा के स्पेशलिस्ट। इनके पास आधुनिक यंत्र हैं। उच्च कोटि के यंत्र। इनके मरीज़ धनाढ्य वर्ग से सम्बन्ध रखते हैं। निर्धन व्यक्ति की वहां पहुंच नहीं, क्योंकि हर किसीने जांच की फीस रखी है।"

"हां, यह ठीक है।"

"अब मैं ऐसे क्लिनिक में सम्मिलित नहीं हो सकता, क्योंकि विशेषज्ञ सर्जन अपना अस्पताल चला रहे हैं या अस्पताल में रजिस्ट्रार या मेडिकल आफिसर हैं।"

"ठीक है। अच्छा एक सवाल?"

"जी, पूछिए।"

"वहां प्रेक्टिस जमाने के लिए कितने वर्ष लगेंगे?"

"पांच से पन्द्रह वर्ष तक लग सकते हैं।" सुरेश ने कहा।

"बड़ी बात नहीं। मुहल्लों में जो डाक्टर प्रैक्टिस करते हैं, वे भी आठ-दस वर्ष में प्रैक्टिस जमा सकते हैं। डाक्टर और वकील का धंधा एक-सा है। कोई भी डाक्टर या वकील पैंतीस

वर्ष की आयु से पहले अपने पांव पर खड़ा नहीं हो सकता।"

"जी आप ठीक कह रहे हैं। इसलिए मैंने क्लिनिक का प्रश्न तो दिमाग से निकाल दिया है।"

"ठीक किया।"

"अब रही कालेज की प्रोफेसरी।"

"हां।"

"इसमें वेतन हज़ार या ग्यारह सौ रुपया मासिक मिल सकता है। लेकिन वहां एक कमी है।"

"वह कौन-सी ?"

"प्रोफेसर केवल प्रोफेसर रह जाता है। उसका सम्पर्क रागियों से नहीं छात्रों और किताबों से पड़ता है। इसलिए वह अपने जौहर का प्रदर्शन नहीं कर सकता।"

"बेटे, बिलकुल सही कहते हो। मैं तुम्हें सौ में से सौ नम्बर देता हुं।"

"अब रह जाता है अस्पताल।"

"हां।"

"मैं एक बात भूल गया।"

"वह कौन-सी ?"

"अस्पताल में दो प्रकार की नौकरी है।"

"कैसे ?"

"एक तो अस्पताल और दूसरी एक सूरत यह है कि कुछ फिज़ीशियन और सर्जन अपना क्लिनिक खोल लेते हैं और इसके साथ ही किसी अस्पताल में ऑनरेरी फिज़ीशियन या सर्जन बन जाते हैं। इससे उनका सम्पर्क जनता से पड़ता है। उनकी ख्याति फैलती है, और जो लोग अस्पताल से निराश हो जाते हैं, वे इनके क्लिनिक की ओर आकर्षित हो जाते हैं।"

"बिलकुल ठीक।"

"फिर नये क्लिनिक में एक दिन में थोड़े-से रोगी आएंगे; लेकिन अस्पताल में तो मरीज़ों की भरमार है, और वहां एक डाक्टर या सर्जन अपने जौहर दिखा सकता है। वह जितने अधिक रोगियों का इलाज करेगा, उसका अनुभव उतना ही गहरा होगा।"

"सौ में से सौ नम्बर।"

"तो पिताजी, मैंने इसे भी रद्द कर दिया। मैं क्लिनिक खोल-

कर अस्पताल में ऑनरेरी काम नहीं करना चाहता। मैं इसे एक प्रकार की बेईमानी कह सकता हूं।"

"सच तो यह है कि यह एक गलत प्रथा है, और इस प्रथा को खत्म हो जाना चाहिए। ये ऑनरेरी फिज़ीशियन और सर्जन जनता की सेवा नहीं करते बल्कि अपने ग्राहक तलाश करते हैं।"

"यह ठीक है पिताजी। लेकिन हमारा देश इतना अमीर नहीं कि वह अस्पतालों में हर डाक्टर और सर्जन को नौकर रख सके। वैसे सरकार को इसमें लाभ है।"

"बेटा, तुमने ठीक कहा है कि सरकार को इसमें लाभ है। लेकिन इसके साथ रोगी परेशान होते हैं, क्योंकि ऐसे ऑनरेरी डाक्टरों और सर्जनों की भरसक चेष्टा होती है कि लोग इन क्लिनिकों में इलाज कराएं। हां, रोगियों को यह लाभ हो जाता है कि एक्स-रे, खून, पेशाब और टट्टी की जांच अस्पतालों में मुफ्त हो जाती है।"

"आपने ठीक कहा है पिताजी।"

"फिर तुमने अभी तक फैसला नहीं किया?"

"मैंने परिस्थिति और ऊंच-नीच आपके सामने रख दी है। अब आप फैसला कर सकते हैं और मेरी सहायता कर सकते हैं।"

"इस परिस्थिति में तो यही बेहतर होगा कि तुम रजिस्ट्रार की नौकरी स्वीकार कर लो, क्योंकि वहां तुम्हें अधिक से अधिक रोगियों का इलाज करने का अवसर मिलेगा और तुम विशेषज्ञ बन जाओगे।"

"बिलकुल ठीक। फिर यह बात निश्चित है कि एक दिन मैंने अपना क्लिनिक खोलना है। एक बात और।"

"वह क्या?"

"सरकारी अस्पतालों में डाक्टरों और सर्जनों को एक शिकायत है कि उन्हें वेतन पूरा नहीं मिलता इसलिए वे पूरी लगन से काम नहीं करते। ऐसे डाक्टर और सर्जन कभी उन्नति नहीं कर सकते और न ही नाम पैदा कर सकते हैं।"

"लेकिन तुम ऐसा नहीं करोगे।"

"बिलकुल नहीं पिताजी। मुझे जो भी वेतन मिलेगा, मैं उससे संतुष्ट रहुंगा और मैं दिन-रात एक करके और पूरी मेहनत से काम करूंगा। और इतना काम करूंगा कि एक दिन रोगी यह

कहें कि हम सुरेश कपूर से इलाज कराना चाहते हैं। वह दिन जब आएगा तो समझिए कि मेरी मंज़िल निकट होगी।" सुरेश ने कहा।

"बिलकुल ठीक। और तुम्हारे विचार में इस स्थान को प्राप्त करने के लिए कितने वर्ष लगेंगे?"

"कम से कम आठ-दस वर्ष।"

"बेटा, तुम्हारा अनुमान सही है। उस समय तुम लगभग छत्तीस वर्ष के हो चुके होगे। और छत्तीस वर्ष की आयु उपयुक्त आयु है—अपनी प्रैक्टिस शुरू करने के लिए।"

"जी। शेष वर्षों में मैं धन कमा सकूंगा। मुझे लक्ष्मी के पीछे भागना न पड़ेगा, बल्कि लक्ष्मी मेरे पीछे भागेगी।"

"तुम्हारा मंसूबा बहुत ठीक है।"

"बस तो मैं कल ही रजिस्ट्रार की नौकरी के लिए प्रार्थना-पत्र दे देता हूं।"

"और जो यंत्र लाए हो?"

"उन्हें बेचा भी जा सकता है और रखा भी जा सकता है। दस वर्ष में वे पुराने नहीं हो जाएंगे।"

"चलो एक बात का फैसला हो गया। तुमने अपना भविष्य स्वयं ही तैयार कर डाला है। भगवान तुम्हें सफलता दे।"

"जी।"

"अब दूसरी बात।"

'वह भी कहिए।"

"वह है तुम्हारे विवाह की समस्या।"

"आप विवाह को समस्या कहते हैं?"

"हां, बेटा।"

"भला क्यों?"

"हो सकता है मैं गलत हूं। चलो अब तुम्हारे विचार सुन सकता हूं!" पिता ने कहा।

"पूछिए।"

"तुम कैसा विवाह चाहते हो?"

"जो आपको पसन्द हो।"

"इस स्नेह के लिए धन्यवाद। वरना मैं तो डर रहा था कि विलायत में शिक्षा पाने के बाद शायद तुम आसानी से परिस्थिति

के साथ समझौता न कर सको।" पिता ने कहा।

"जी नहीं पिताजी। यदि ऐसी बात होती तो मैं मेम से भी विवाह कर सकता था। और दो-तीन हिन्दुस्तानी लड़कियां भी थीं जो उच्च शिक्षा के लिए विलायत गई थीं। उनकी भी इच्छा थी कि मेरे साथ विवाह हो जाए। लेकिन मैं जानता था कि मैं विवाह आपकी इच्छा से करूंगा।"

"बेटा, तुम बहुत अच्छे हो और आज मेरा सीना गर्व से दुगुना हो गया है। इस धन की दीवानी दुनिया में ऐसे विचार रखने वाली संतान तो लुप्त होती जा रही है।"

"मैं उनमें से नहीं।"

"फिर भी तुम्हारी क्या मांग है?"

"पिताजी, वैसे तो मेरी कोई मांग नहीं, लेकिन अब तो हमारी बिरादरी में भी शिक्षा का रिवाज बहुत बढ़ गया है। यहां तक कि लड़कियां भी डाक्टरी की शिक्षा प्राप्त कर रही हैं।"

"यह ठीक है।"

"इस सूरत में यदि आप उचित समझें तो मेरे लिए कोई लेडी डाक्टर देख लें।"

"तो तुम लेडी डाक्टर से विवाह करना चाहते हो?"

"क्या बुरा है वह एक सर्वोत्तम पत्नी के अतिरिक्त मेरे काम में मेरी सहायता भी करेगी।"

"ओह!" पिता ने दीर्घ निःश्वास लिया।"

"आपने दीर्घ निःश्वास क्यों लिया?"

"मैंने कुछ और सोचा था, बल्कि यह कहूं कि परिस्थिति का तकाज़ा कुछ और है।"

"मैं सुनना चाहता हूं।"

"बेटा, तुम्हारे विवाह की समस्या इतनी कठिन नहीं।"

"फिर?

"मैं रमा के लिए चिंतातुर हूं।"

"रमा?"

"हां।"

"उसके लिए चिंतातुर क्यों हैं आप?"

"बेटा, तुमसे घर की दशा छुपी नहीं। मैं एक साधारण डाक्टर हूं जिसकी आय हज़ारों में नहीं है। यही कारण है कि मैं कोई

संपत्ति न बना सका। मेरी संपत्ति तुम हो। मैंने पेट काटकर तुम्हें ऊंची शिक्षा दी। और आज मैं खुश हूं कि मेरी मेहनत अकारथ नहीं गई। तुम मेरी आशा पर पूरे उतरे हो। लेकिन अब जबकि तुमने विलायत से शिक्षा प्राप्त की है, तो क्या तुम पसन्द करोगे कि रमा का विवाह एक साधारण क्लर्क से हो जाए?"

"जी नहीं। हम उसके लिए अच्छा रिश्ता तलाश करेंगे।"

"और अच्छा रिश्ता खरीदा जाता है।"

"ओह भगवान! अभी तक यह दकियानूसी और कमीने रिवाज बदले नहीं!"

"और बदल भी नहीं सकते।"

"लेकिन मैं इंकलाब लाऊंगा। मैं एक गरीब लड़की से विवाह करूंगा।"

"मैं तुम्हारी भावनाओं की कद्र करता हूं, लेकिन यदि तुम परिस्थिति का निरीक्षण करो तो पहला प्रश्न यह है कि रजि-स्ट्रार के वेतन में तुम और तुम्हारी पत्नी निर्वाह करके क्या बचा सकते हो?"

"मैं और मेरी पत्नी? क्या विवाह के उपरान्त मैं अपना घर बसाऊंगा?"

"नहीं बेटा, ऐसा नहीं। मैं तो सोच भी नहीं सकता। हम एक ही घर में रहेंगे। लेकिन फिर भी नई-नई शादी और विला-यत से आने के बाद तुम एक कालेज के छात्र की तरह बीस-तीस रुपये मासिक में निर्वाह नहीं कर सकते।"

"लेकिन मुझे सिगरेट या शराब का शौक नहीं।"

"कपड़ा, मनोरंजन, सिनेमा, और मित्रवर्ग के यहां आना-जाना। वे तुम्हें आमंत्रित करेंगे तो तुम उन्हें बुलाओगे।"

"जी मैं समझ गया। लेकिन मैं चार-पांच सौ रुपये मासिक बचा सकता हूं।" सुरेश ने कहा।

"चलो पांच सौ रुपये मासिक ही सही। जो बहुत अधिक हैं। यद्यपि मेरा विचार है कि तुम चार सौ भी बचा लो तो बहुत है।"

"पांच सौ सही।"

"क्या सवारी नहीं रखोगे?"

"अभी नहीं। दो-तीन वर्ष बाद यदि आवश्यकता पड़ी तो

मोटर साइकल रख लूंगा। लेकिन अभी साइकल से काम चला लूंगा। मैं बनावट से बहुत दूर हूं। मोटर साइकल मुझे प्रसिद्ध सर्जन न बना सकेगा। मेरी मेहनत और लगन ही मुझे सफल सर्जन बनाएगी।"

"बिलकुल ठीक। अब यदि तुम पांच सौ रुपया भी बचाओ और मैं दो-तीन सौ, तो ये हुए सात सौ। एक वर्ष में आठ हज़ार चार सौ।"

"जी।"

"अब रमा बी॰ ए॰ फाइनल में है। यदि लड़की की आयु अधिक हो जाए तो अच्छे लड़के नहीं मिलते। बी॰ ए॰ के पश्चात् वह एम॰ ए॰ कर सकती है। लेकिन इसके बाद उसे घर नहीं बिठाया जा सकता।"

"बिलकुल ठीक।"

"इसका मतलब है, दो साल या अधिक से अधिक तीन साल के बाद हमें रमा का विवाह करना ही होगा।"

"जी।"

"और तुम चाहोगे कि विवाह अच्छी जगह हो।"

"निश्चय ही।"

"अब तुमसे क्या छुपा है! तुम तो जानते हो क्लर्क की क्या कीमत है! बी॰ ए॰ की क्या कीमत है! एम॰ ए॰ की क्या कीमत है! प्रोफेसर की क्या कीमत है और इंजीनियर या डाक्टर की क्या!"

"जी, मैंने कभी ध्यान नहीं दिया।"

"फिर भी यदि तुम रमा के लिए इंजीनियर, डाक्टर या लेक्चरर तलाश करो, तो हमें दहेज में चालीस हज़ार रुपया देना होगा।"

"चालीस हज़ार?"

"कम से कम।"

"ओह भगवान! यह बकवास कानून भी बन्द न कर सका!"

"कानून तो एक मजाक है। और जो लोग कानून बनाते हैं और वे जो कचहरियों में कानून की खातिर लड़ते हैं, वे स्वयं अपनी बेटियों के विवाह पर पूरी ताकत लगा देते हैं और विवाह पूरी शान से करते हैं।"

"यह समाज बदल नहीं सकता।"

"मैं और तुम नहीं बदल सकते। और अपने लिए नया समाज नहीं पैदा कर सकते।"

"तो पिताजी, आप कहना क्या चाहते हैं?"

"बेटा, मैंने सब कुछ कह डाला है। मैंने तो आंकड़े तक निकाल दिए हैं। एक वर्ष में हम आठ, साढ़े आठ हज़ार रुपया जमा कर सकते हैं। रमा का विवाह यदि तीन वर्ष बाद होता है तो हमारे पास पच्चीस हज़ार रुपया होगा।"

"दस-ग्यारह हज़ार मैं विलायत से बचाकर लाया हूं।"

"अपने विवाह पर खर्च नहीं करोगे?"

"यह तो मैं भूल ही गया था।"

"खैर, अब यह बताओ कि इन परिस्थितियों में यानी पच्चीस हज़ार में तुम रमा के लिए इंजीनियर, डाक्टर, लेक्चरर या अफसर प्राप्त कर सकते हो?"

"ओह भगवान! यह समाज इतना बेरहम है!"

"है। मैं जानता हूं, तुम भी जानते हो, समाज जानता है, लेकिन इसके विपरीत कुरीतियों को तोड़ने की किसीमें शक्ति नहीं। अब तुम यदि इंकलाब लाना चाहो और गरीब लड़की से विवाह कर लो, तो इससे रमा की समस्या हल नहीं होती।"

"ओह!" सुरेश का मस्तिष्क चकरा गया।

"अब मैं क्या कहूं?"

"आपके कहने की आवश्यकता नहीं। मैं समझ गया हूं कि मुझे भी सौदा करना पड़ेगा। यहां की शिक्षा हो या विलायत की, लेकिन समाज की शिक्षा अपनी जगह है।"

"खैर, सब बातें तुम्हारे सम्मुख हैं।"

"पिताजी, यदि मैं लेडी डाक्टर से विवाह कर लूं और वह भी चार-पांच सौ रुपये कमाए तो क्या विचार है?"

"विचार बुरा नहीं। पांच-सात हज़ार अधिक जमा कर लेंगे।"

"इसका अर्थ है मुझे बिकना पड़ेगा।"

"खैर, मैं ये शब्द इस्तेमाल नहीं करूंगा। तुमने बहुत कठोर शब्द प्रयोग किए हैं।"

"पिताजी, ऐसे में अक्सर होता यह है कि पैसे के सामने लड़की की शक्ल-सूरत नहीं देखी जाती।"

"बेटा, यदि सफेद चमड़ी को सुन्दरता कहा जा सकता है तो कश्मीर में मांझी या निर्धन वर्ग की लड़कियां भी सफेद रंग की होती हैं, और सुन्दर होती हैं। लेकिन उनकी सुन्दरता किस काम की! चरवाहे चरवाहों से विवाह करते हैं, मांझी मांझियों के घर। सौंदर्य तो स्थायी नहीं। यह तो एक धारणा है। क्या इंग्लैंड में मोचियों, कसाइयों, खानों में काम करने वालों की लड़कियां सुन्दर नहीं, जिन्हें तुम मेम कहते हो?"

"जी, मैं समझ गया। सौन्दर्य, इश्क, प्रेम, मुहब्बत—ये बातें उपन्यासकारों और शायरों का जीवन है। मैं एक सर्जन हूं। मैं उपन्यास और शायरी नहीं पढ़ता।"

"और पढ़ना भी नहीं चाहिए।"

"इस सूरत में आप जहां चाहें और जैसा चाहें, विवाह कर दें। मुझे वह विवाह स्वीकार होगा। यदि सुन्दरता से मुझे लगाव होता तो मैं इंग्लैंड में ही विवाह कर लेता। वैसे पिताजी, आपके विचार में मुझे दहेज में क्या मिल सकता है?"

"यह तो लड़की पर भी निर्भर है।"

"किस प्रकार?"

"उसकी सूरत और आयु।"

"तो इस सूरत में पिताजी आप चौबीस वर्ष की लड़की तलाश कर लें। और ऐसी लड़की देखने में भी चाहे जैसी हो, लेकिन दहेज बहुत ला सकती हो। ताकि हम रमा के लिए अच्छा वर खरीद सके।"

"बेटा, तुम नाराज़ तो नहीं?"

"पिताजी, मैं एक मशहूर सर्जन बनना चाहता हूं। फिल्म कंपनी नहीं खोल रहा हूं जहां फिल्मी अभिनेत्री की आवश्यकता पड़ेगी।"

"बस बेटे, तुमने मेरी बहुत बड़ी परेशानी दूर कर दी, बल्कि सारी परेशानियां दूर कर दीं। आज हमने दो महत्त्वपूर्ण बातों का निर्णय कर लिया है।"

"विवाह और····"

"तुम्हारा भविष्य।"

"जी।" सुरेश ने कहा। वह जानता था कि असुन्दर पत्नी की कमी नर्सें और जूनियर डाक्टर पूरी कर सकती हैं। अस्पताल

में संदर नर्सें भी होती हैं और सुन्दर जूनियर डाक्टर भी होती हैं। वह असुंदर पत्नी और सुंदर दहेज से विवाह करेगा। यह उसका फैसला था।

ऐसा ही हुआ।

उसे सरकारी अस्पताल में रजिस्ट्रार की नौकरी प्राप्त करने में न सिफारिश की ज़रूरत थी और न ही संघर्ष की। एक एम॰ आर॰ सी॰ एस॰ के लिए रजिस्ट्रार की नौकरी का दरवाज़ा हर समय खुला था।

फिर विवाह का सौदा तय हुआ। सुरेश ने जैसा कहा था कि जब दहेज ही लेना है तो वह चाहे जैसी लड़की से विवाह करने को तैयार है।

और उसका विवाह सीता से सम्पन्न हो गया जो बम्बई के ही एक मिल-मालिक की बेटी थी पर देखने में असुंदर थी। लेकिन दहेज में वह पचास हज़ार रुपया नकद और पच्चीस हज़ार के गहने, कपड़े, फर्नीचर और दूसरा सामान लाई थी।

डाक्टर सीताराम ने जैसा कहा था, वह सही सिद्ध हुआ। उन्होंने चालीस हज़ार में रमा के लिए एक इंजीनियर खरीद लिया।

असुंदर पत्नी का एक बड़ा लाभ तो दहेज था; लेकिन इसके अतिरिक्त और कई लाभ निकले। वह पत्नी को लेकर कभी किसी के यहां आमंत्रित न हुआ और न ही उसने किसीको अपने घर आमंत्रित किया। इसके अतिरिक्त वह पत्नी को लेकर कभी घूमने भी न गया। उसकी पत्नी अपनी जगह संतुष्ट थी, क्योंकि उसका विवाह ऐसे उच्च शिक्षा प्राप्त डाक्टर से केवल पैसे के बलबूते पर ही हो सका था।

यद्यपि इस पैसे की शक्ति ने उसे चौबीस वर्ष तक कुंआरी रखा था। उसकी सारी सहेलियों का विवाह हो गया था और वह इतनी निराश हो गई थी कि शायद उसका विवाह एक क्लर्क से भी न हो सके। लेकिन उसे मिला तो विलायत का पढ़ा-लिखा सर्जन मिला।

अस्पताल में डाक्टर सर्जन सुरेश कपूर की ख्याति दो बातों के लिए फैल गई। नर्सें उसे खुश्क समझती थीं। और दूसरी ओर

उसकी यह ख्याति फैली कि डाक्टर सुरेश के लिए दिन दिन न था, रात रात न थी, वह चौबीस घंटे ड्यूटी दे सकता था।

ओ॰ पी॰ डी॰ में हर रोज़ वह लगभग चालीस रोगियों की जांच करता। हर समय उसके होंठों पर मुस्कराहट होती। सप्ताह में दो बार आपरेशन का दिन होता और दिन में वह सात-आठ आपरेशन करता।

वह अपने सहकारी डाक्टरों और सर्जनों से खुले दिल से व्यवहार करता। नर्सों को उसने कभी नहीं डांटा था। आपरेशन के लिए उसने कभी इंकार न किया था।

साधारण रोगियों के अतिरिक्त एक्सीडेंट में घायल रोगी दिन या रात के किसी पहर आ सकते थे। और वह हर समय ड्यूटी देने को तैयार था।

इस लगन और मेहनत ने उसे सफलता प्रदान की।

धीरे-धीरे उसकी ख्याति फैलने लगी। तीन वर्ष और फिर पांच वर्ष।

पांच वर्ष उपरान्त उसकी यह दशा हो गई थी कि वह बहुत गंभीर आपरेशन करने लगा था। और अठानवे प्रतिशत आपरेशन सफल होते।

मोटर-दुर्घटना में घायल होने वाले, जिनका एक ही समय में दिमाग और आंखों का आपरेशन होता था, उनके लिए जब दिमाग का आपरेशन करने वाला सर्जन आता, तो वह सदा आपरेशन के लिए डाक्टर सुरेश को ही बुलाता।

पांच वर्ष में यह ख्याति अस्पताल की चारदीवारी से निकलकर नगर में फैलने लगी।

फिर लोग सिफारिशी पत्र लेकर आने लगे। सिफारिशी फोन आने लगे। और उसकी मांग बढ़ती गई।

काम से निवृत्त होकर वह जूनियर डाक्टरों में बैठता तो उनकी बातों से खुश होता। उनकी शिकायतें अपनी जगह थीं। हाउस सर्जन अपनी जगह गिले और शिकवे करते थे।

"हम मेहनत से काम क्यों करें? आखिर हमारी तनख्वाह ही क्या है?" कोई जूनियर डाक्टर शिकायत करता।

"एम॰ बी॰ बी॰ एस॰ की डिग्री लेने के लिए हज़ारों रुपये

और कितने वर्ष खर्च होते हैं और एक हाउस सर्जन को सवा दो सौ रुपये मासिक तनख्वाह मिलती है जो क्लर्क की तनख्वाह से भी कम होती है।"

यही शिकायत इण्टरनीज़ की थी जिन्हें इससे भी कम मासिक अलाउंस मिल रहा था।

सुरेश इन डाक्टरों और इण्टरनीज़ की बातें सुनता और मुस्क-राता रहता। एक दिन उससे न रहा गया। तीन-चार जूनियर डाक्टर बैठे थे। वह इस विवाद में सम्मिलित हो गया।

"मैं एक बात नहीं समझ सका।" सुरेश ने बोला।

"क्या?" एक हाउस सर्जन बोला।

"यदि तनख्वाह कम है तो आप अधिक तनख्वाह वाली नौकरी क्यों नहीं तलाश कर लेते?"

"लेकिन वह मिलती कहां है? फिर अस्पताल में एक वर्ष तक हाउस सर्जन का काम करना ज़रूरी है।"

"और नौकरी केवल इसी शहर में है?"

"जब सारा जीवन शहरों में बिता दिया है, माता-पिता यहां हैं, बहन-भाई यहां हैं, मकान है; अब ये छोड़कर नये शहर या गांव में जाएं तो खाएंगे कहां से?" जूनियर डाक्टरों ने दलील पेश की।
"आपकी दलील बहुत महत्त्वपूर्ण है। लेकिन मेरा विचार है, यदि डाक्टर छोटे शहरों या कस्बों में प्रेक्टिस शुरू कर दें, तो वहां मकान सस्ते हैं, अनाज सस्ता है, घी, दूध, सब्ज़ी सस्ती है। और छोटे शहर या कस्बे में प्रैक्टिस चलाना कठिन नहीं।" सुरेश ने उत्तर दिया।

"यह आप कह सकते हैं, लेकिन एक नई जगह पर घर बसाना आसान नहीं।"

"यह मत कहिए। यह कहिए कि बड़े शहरों में रहने के बाद गांव, कस्बे या छोटे शहर की ज़िन्दगी पसन्द नहीं।"

"क्या आपको पसन्द है?" एक जनियर डाक्टर ने कटाक्ष किया।

"हां।"

"तो आप क्यों नहीं चले जाते?" उसने व्यंग्य किया।

"आप कह रहे हैं, मैं चला क्यों नहीं जाता?"

"हां।"

"लेकिन मैं तो पहुंच गया हूं।"

"पहुंच गए हैं? आप बम्बई को छोटा शहर कहते हैं?"

"हां।"

"वह किस तरह?"

"वह इस तरह कि बताओ मैं कहां से आया हूं?"

"इंग्लैंड से।"

"तो क्या हमारी बम्बई लन्दन से बड़ी है?"

अब सब निरुत्तर हो गए।

"मैं वहां नौकरी कर सकता था। और वहां डाक्टर भारत से अधिक कमाते हैं। इंग्लैंड में भी और अमरीका में भी। और हमारे अधिकांश डाक्टर वहां ही नौकरी कर रहे हैं। ऊंचे दिमाग देश को छोड़कर विदेशों में केवल कुछ रुपये अधिक कमाने की खातिर जमा हैं।" सुरेश ने कहा।

"फिर आप क्यों यहां आ गए?"

"इसलिए कि मैं यहां कम वेतन का गिला नहीं करता। मैं लगन और मेहनत से काम करना चाहता हूं। और एक दिन आएगा कि लक्ष्मी मेरे घर की दासी होगी। हम धन के पीछे जितना भागते हैं, धन उतना ही हमसे आगे भागता है। यदि हम धन के पीछे भागने की जगह काम के पीछे भागें, तो धन स्वयं ही हमारी तलाश करेगा।"

"आपके विचार बहुत महान हैं।" एक डाक्टर बोला।

"लेकिन डाक्टर कपूर, आप एक बात भूल रहे हैं।"

"वह क्या?"

"आपको एक लाख दहेज में मिला था।"

"खैर, एक लाख तो नहीं मिला था···।"

"फिर कितना था?"

"कम भी नहीं था। लेकिन वह इतना न था कि मैं एक कार रख सकूं।"

"डाक्टर कपूर!" एक डाक्टर बोला।

"फर्माइए।"

"आप कहते हैं कि हमें कम तनख्वाह का गिला नहीं करना चाहिए और काम पूरी मेहनत और लगन से करना चाहिए?"

"हां।"

“क्या आप जानते हैं कि हमारी कम तनख्वाह का उत्तर-दायी कौन है?”

“कौन है?”

“आप जैसे लोग।”

“मुझ जैसे लोग!” सुरेश चौंक पड़ा।

“जी हां।”

“वह कैसे?”

“आप एम॰ आर॰ सी॰ एस॰ हैं और रजिस्ट्रार हैं जबकि रजिस्ट्रार की पोस्ट एम॰ बी॰ बी॰ एस॰ को मिलनी चाहिए। हमारा अधिकार तो आप छीन रहे हैं।”

“ऐसा न कहिए।”

“कैसे न कहें? सरकार को जब एम॰ आर॰ सी॰ पी॰ और एम॰ आर॰ सी॰ एस॰ रजिस्ट्रार मिल सकते हैं, तो वह हाउस सर्जन को सवा दो सौ ही देगी। यदि आप जसे ऊंचे दिमाग वाले लोग रजिस्ट्रार की नौकरी स्वीकार करने से इनकार कर दें, तो वह जगह हममें से किसीको मिल सकती है।”

“बिलकुल ठीक। लेकिन मेरे भाई, मेरे मित्र, यदि मैं एक बात कहूं तो बुरा न मानिएगा।”

“जी नहीं।”

“आप हाउस सर्जन हैं?”

“जी हां।”

“आपने साढ़े चार वर्ष एम॰ बी॰ बी॰ एस॰ में खर्च किए। एक वर्ष इण्टरनशिप में लगाया। और अब आप हाउस सर्जन हैं।”

“जी हां।”

“आप अधिक वेतन चाहते हैं?”

“बिलकुल।” सब बोले।

“अब मैं वह बात कहता हूं जो कड़वी है और बहुत सख्त है, लेकिन सच है। आपमें से कितने हाउस सर्जन टीका लगा सकते हैं?”

सब चुप हो गए। यह वास्तविकता थी।

“मैं इस अस्पताल में पांच वर्ष से हूं और कम तनख्वाह की शिकायत सुनता आया हूं। मैंने देखा है कि नब्बे प्रतिशत हाउस सर्जन टीका तक नहीं लगा सकते और इस काम के लिए उन्हें नर्सों

का सहारा लेना पड़ता है। नर्स टीका लगा सकती है। मांस में भी और नाड़ी में भी, लेकिन आप मांस में तो शायद टीका लगा लें, लेकिन नाड़ी का टीका नहीं लगा सकते। यह है आपकी योग्यता। आप एक नर्स से अधिक वेतन लेते हैं, लेकिन नर्स की भी योग्यता नहीं रखते।" इतना कहकर सुरेश खड़ा हो गया। "बुरा न मानिए। मैंने आपके भले की बात कही है।" कहकर वह कमरे से निकल गया।

"कैसा बदतमीज़ है!" एक बोला।

"बददिमाग है!"

"स्वयं को मालूम नहीं क्या समझता है!"

"इंग्लैंड की मुहर जो लगी है!"

और वे अपने मन की भड़ास निकालने लगे।

दस दिन के पश्चात् जूनियर डाक्टर सुरेश से दूर-दूर रहने लगे। लेकिन यह बात सारे अस्पताल में फैल गई और मेडिकल सुपरिण्टेण्डेण्ट तक भी पहुंच गई।

इसका परिणाम यह हुआ कि एक मास उपरान्त सुरेश को मेडिकल अफसर बना दिया गया।

मेडिकल अफसर के वेतन से उसने मोटर साइकल खरीदा। लेकिन निवास स्थान न बदला।

ये थे सुरेश के पहले पांच वर्ष।

तीन

अगले पांच वर्ष वह मेडिकल अफसर रहा। उसे कई मिलों के अस्पतालों से मेडिकल सुपरिटेण्डेण्ट का आफर आया लेकिन उसने इनकार कर दिया।

अभी उसकी मंज़िल न आई थी। हां, एक बात को उसने फौरन स्वीकार कर लिया। जब उसकी ख्याति काफी फैल गई तो बम्बई के उस सरकारी अस्पताल में उसे नौकरी का आफर दिया गया जिस में बड़े-बड़े सरकारी अफसर इलाज कराते थे।

चूंकि यहां वी० आई०पी० का इलाज होता था, इसलिए इस अस्पताल में सर्वोत्तम स्टाफ रखा जाता था।

जब भी कोई वी० आई० पी० रोगी इलाज के लिए अस्पताल

में आता तो डाक्टर सुरेश की फर्माइश करता।

वह पांच वर्ष इस अस्पताल में रहा और इस अर्से में उसके पिता और माता दोनों इस संसार से चल बसे।

दस वर्ष की अनथक मेहनत, लगन और ईमानदारी के पश्चात् उसे जो ख्याति प्राप्त हुई थी वह उसे इस योग्य बना गई थी कि अब वह अपना क्लिनिक शुरू कर सके।

उसने कुछ मित्रों से परामर्श लिया तो सबकी एक ही राय थी कि अब समय आ गया है कि वह अपना क्लिनिक शुरू कर डाले।

फिर प्रश्न पैदा हुआ कि किस इलाके में शुरू किया जाए। मेरीन ड्राइव के इलाके में लखपति और करोड़पति रहते थे।

इन दस वर्षों में इस उन्नति के अतिरिक्त वह दो बेटों का पिता बन गया था जो अच्छे स्कूलों में शिक्षा प्राप्त कर रहे थे।

अब वह सैंतीस वर्ष की आयु का हो गया था।

अनुभव और ख्याति तो वह कमा चुका था। अब समय आ गया था कि वह धन कमाए।

मेरीन ड्राइव में क्लिनिक खोलने के लिए अच्छी-भली रकम की आवश्यकता थी।

उसे जो दहेज में मिला था और बहन की शादी के बाद जो उसमें से बचा था तथा इन दस वर्षों में जो उसने बचाया था, वह तमाम रकम चालीस हज़ार के लगभग थी।

क्लिनिक इस रकम से अमीर से अमीर इलाके में खुल सकता था।

डाक्टर खन्ना मशहूर फिज़ीशियनों में से एक था। अब वह सुरेश के बहुत करीब था, बल्कि इनमें मित्रता थी। क्लिनिक के मामले में खन्ना ही उसको प्रोत्साहन देता रहा था।

"सुरेश, मेरा विचार है तुम अपना क्लिनिक मेरे क्लिनिक के पास ही खोल लो।"

"क्या वहां अच्छी जगह मिल सकेगी?"

"पैसा हर काम कर सकता है। तुम्हें क्लिनिक के लिए तीन कमरों की आवश्यकता पड़ेगी।" खन्ना ने कहा।

"तीन कमरे क्यों? तीन कमरे तो बहुत अधिक होंगे।"

"सुरेश, तुम किसी स्लम एरिया में डिसपेन्सरी नहीं खोल रहे हो, बल्कि अमीरों के इलाके में क्लिनिक खोल रहे हो। और

अमीरों के इलाके में क्लिनिक खोलकर वह तमाम कुछ करना पड़ेगा जिसकी एक अमीर मरीज़ को आवश्यकता है।" खन्ना ने कहा।

"क्लिनिक में तो केवल मेरी तथा यंत्रों की आवश्यकता है।"

"फिर क्लिनिक चल चुका। यदि तुम्हारा यही विचार है तो तुम्हें मछुओं की बस्ती में खोल लेना चाहिए।"

"आखिर तुम कहना क्या चाहते हो?"

"देखो, क्लिनिक किसे कहते हैं? क्या तुमने मेरा क्लिनिक नहीं देखा?"

"देखा है।"

"देखा है तो तुम्हारा क्लिनिक भी इसी स्तर का बनेगा।"

"लेकिन इसके लिए तो बहुत-सा रुपया चाहिए।"

"सुरेश! इस बात को भूल जाओ कि तुम एक ख्यातिप्राप्त और सफल सर्जन हो। तुम्हारी ख्याति दूर-दूर तक है। लेकिन अब तुम अपनी दुकान शुरू कर रहे हो।"

"दुकान?"

"हां, दुकान। यदि धन कमाना है तो अब तुम्हें एक सर्जन के अतिरिक्त दुकानदार भी बनना होगा।"

"वह किस तरह?"

"तुम्हें तीन कमरों का क्लिनिक बनाना होगा।"

"वह किस-किस काम आएंगे?"

"पहला कमरा रिसेप्शन, अर्थात् जहां रोगी अपनी बारी की प्रतीक्षा करेंगे। इस कमरे में बेहतरीन कुर्सियां रखी जाएंगी। आठ-दस मैगज़ीन। और इनके अतिरिक्त···" कहकर खन्ना मुस्करा पड़ा।

"इनके अतिरिक्त?"

"एक सुन्दर और जवान रिसेप्शनिस्ट, जो प्रत्येक रोगी से मुस्कराकर बात करेगी। हर रोज़ नया लिबास पहनकर आएगी। बेहतरीन मेकअप से सजी होगी। उसकी मेज़ पर एक टेलीफोन होगा, जिसपर वह रोगियों को समय दिया करेगी और डायरी में नोट करेगी।"

"जैसा तुमने कर रखा है?"

"बिलकुल। दूसरा कमरा तुम्हारा होगा, जहां तुम रोगियों से

मुस्कराकर मिलोगे। उनके रोग के बारे में कम बातें करोगे, उनके लिबास की, उनकी कार के मॉडल की, उनकी कोठी की और साज-सज्जा की अधिक प्रशंसा करोगे। वहां बेहतरीन मेज़ होगी। तुम्हारे लिए बेहतरीन कुर्सी होगी और उसके सामने तीन कुर्सियां और होंगी जहां मरीज़ बैठेंगे।

"रोगी को एक-एक करके बुलाया, जाएगा तो एक रोगी के लिए एक कुर्सी काफी होगी।"

"तुम बुद्धू हो। अमीर आदमी जब बीमार पड़ता है तो वह डाक्टर के पास अकेला नहीं जाता, उसके साथ सदा एक या दो सम्बन्धी या मित्र होते हैं। इसलिए तीन कुर्सियों की ज़रूरत है।"

"समझ गया।"

"इस कमरे में भी फोन का प्रबन्ध होगा। वह फोन केवल खास दशा में तुम सुनोगे।"

"ठीक।"

"अमीर औरतों को घर पर कोई काम नहीं होता। सारा काम नौकर करते हैं। इसलिए वह मेकअप से लैस होकर और अधिक से अधिक बन-ठनकर डाक्टर को मिलने आती हैं। यदि ऐसी औरतों को दस बजे का समय दो और ग्यारह बजे भीतर बुलाओ तो वे कभी शिकायत नहीं करती हैं कि उन्हें देर हो गई।"

"वह क्यों?"

"क्योंकि गर्मी का मौसम हो या सर्दी का। वे हर समय स्वेटर बुनती रहती हैं। दिन में जितना बुनती हैं, शाम को उसे उधेड़ लेती हैं। गर्ज़ कि वह स्वेटर कभी तैयार नहीं होता।"

"बहुत खूब!"

"इन अमीर औरतों को हर समय दो रोग होते हैं।"

"दो रोग?"

"हां।"

"कैसे?"

"एक रोग तो वह जिसकी इन्हें तकलीफ है, और दूसरा वह जो वे पैदा करती हैं।"

"मैं समझा नहीं।"

"मैं समझाता हूं।"

"अवश्य।"

"अब मेरी मिसाल लो। मैं एक फिज़ीशियन हूं। एक औरत अधिक खाने से हाई ब्लड प्रेशर की रोगिणी है। यह तो उसका पहला रोग है। वह इसके इलाज की खातिर मेरे पास आई है, और मैं उसका ब्लड प्रेशर देख रहा हूं। जैसा तुम जानते हो, हर अमीर औरत हर समय बोलती रहती है। वह दूसरे रोग की चर्चा शुरू कर देगी।"

"कैसे?"

"वह यूं कि मैं तो ब्लड प्रेशर देख रहा हूं, वे शुरू हो जाएंगी कि डाक्टर साहब, मेरे गले में दर्द रहता है; मेरी आंख से पानी बहता है; या मेरी दाढ़ बहुत परेशान कर रही है। अब मैं फिजी-शियन हूं। आंख, नाक, कान का विशेषज्ञ नहीं। मुझसे गले या नाक की शिकायत क्यों? या मैं दांतों का डाक्टर नहीं, फिर दांत का कष्ट मुझे क्यों सुनाया जा रहा है? लेकिन वे बोलेंगी ज़रूर। तो बोलना उनका दूसरा रोग है। यद्यपि हर किसीका अपना फिज़ीशियन है, अपना सर्जन है, लेकिन यह उनका स्वभाव है। तुम्हारे पास वे आंखें टेस्ट करा रही होंगी और बोलेंगी कि उन्हें गैस की शिकायत है। अब तुम गैस का इलाज नहीं कर सकते। डेण्टल सर्जन के यहां जाएंगी तो वहां कहेंगी कि उन्हें रात को कार ड्राइव करते समय रोशनी से तकलीफ होती है। या नज़र कमज़ोर है तो सिर-दर्द की शिकायत है। अब डेण्टल सर्जन के पास इसका इलाज नहीं।"

"बहुत खूब! तो मुझे ऐसे मरीज़ों से पाला पडेगा?"

"इससे भी अधिक दिलचस्प।"

"हे भगवान!"

"भगवान को याद करने की ज़रूरत नहीं। ऐसे लोग हमारे स्थायी मरीज़ हैं। चूंकि इनका स्वभाव है कि फिज़ीशियन से नाक की शिकायत करेंगी और नाक-कान के सर्जन से दांत की तकलीफ की शिकायत करेंगी। तो हमने इन मरीज़ों का इलाज ढूंढ़ निकाला है।" खन्ना बोला।

"वह क्या?"

"वह यह कि जब तुम प्रैक्टिस शुरू कर दोगे और मेरे किसी भी रोगी ने किसी भी ऐसी बीमारी की शिकायत की जो वास्तव में उसे न हुई, तो मैं तुम्हारे नाम की सिफारिश करूंगा।"

"मैं समझ गया।"

"सुनो तो सही। मेरी सिफारिश से वे निश्चित नहीं होंगी। वे कहेंगी कि उनके सामने डाक्टर सुरेश को फोन कर दिया जाए या सिफारिशी पत्र लिख दिया जाए।"

"क्या मरीज़ हैं!"

"इन्हींके पास धन है, जो इन्होंने अनैतिक ढंगों से कमाया है, और इसे वह अनैतिक चीज़ों पर खर्च करते हैं तथा डाक्टर इनकी हॉबी है। इन्हें कोई भी बीमारी न होगी तब भी डाक्टर को मिलेंगी। एपाइण्टमेण्ट लेंगी। फिर नियुक्त समय से पन्द्रह मिनट पहले आएंगी, और एक घण्टा प्रतीक्षा करके भी शिकायत न करेंगी। तो ये हैं इन नये अमीरों के चोंचले।"

"बहुत खूब!"

"अब कोई डाक्टर अकेला क्लिनिक नहीं चला सकता। तुम विशेषज्ञ सर्जन हो। मैं फिज़ीशियन, डाक्टर मेहता अमेरिका से शिक्षा प्राप्त डेंटल सर्जन, डाक्टर खुराना त्वचा के रोगों के स्पेशलिस्ट। डाक्टर लखनपाल एक्स-रे और ई॰ सी॰ जी॰ के क्लिनिक के मालिक। तो माई डियर! हम एक टीम या ग्रुप के रूप में काम करते हैं और एक-दूसरे की सिफारिश करते हैं।" खन्ना ने कहा।

"मैं समझ गया।"

"और मैं इस क्लब, टीम या ग्रुप में तुम्हें प्रविष्ट करता हूं और मुबारकबाद देता हूं।"

"धन्यवाद।"

"इसकी आवश्यकता नहीं।"

"अब क्लिनिक की समस्या कैसे हल होगी?"

"इसकी चिंता न करो। मेरे रोगियों में कोई भी दस लाख से कम का मालिक नहीं, और चार बिल्डिंगों से कम भी किसीके पास नहीं। मैं किसी ऐसे मरीज़ से कहूंगा जिसकी बिल्डिग मेरे क्लिनिक के पास हो। वह ग्राउण्ड फ्लोर खाली करा देगा या खाली मिल जाएगा। यह परेशानी मुझपर छोड़ दो।"

"एक काम तो हो गया। आगे?"

"अब सुन्दर फर्नीचर और कालीनों की ज़रूरत पडेगी।"

"एक मिनट।"

"कहो।"

"तुमने तीसरे कमरे के बारे में नहीं बताया।"

"वह तुम्हारा जांच का कमरा होगा।"

"लेकिन मैं दूसरे कमरे में जांच कर सकता हूं। जांच के लिए जगह ही कितनी चाहिए!"

"आखिर रहे न बुद्धू के बुद्धू! कहा न कि जांच तीसरे कमरे में होगी। फिर समय आने पर बताऊंगा कि वह जांच के कमरे के अतिरिक्त और किस काम आ सकता है।"

"किस काम?"

"आज ही सब कुछ जानना चाहते हो?"

"हां।"

"मैंने तुम्हारी ख्याति सुनी है। अस्पतालों में लेडी डाक्टर और नर्सें तुम्हें खुश्क कहा करती थीं। कुछ तो मज़ाक में कहती थीं कि डाक्टर सर्जन सुरेश कपूर नपुंसक है।"

"नपुंसक और मैं? फिर तो मेरा इलाज करो।"

"वह इलाज मैं न करूंगा, बल्कि तुम्हारी रिसेप्शनिस्ट करेगी।"

"रिसेप्शनिस्ट?"

"हां।"

"लेकिन···"

"लेकिन सुरेश कपूर, तुम उसे साढ़े तीन चार सौ रुपये मासिक टेलीफोन सुनने के लिए नहीं दोगे।"

"तो तमाम डाक्टर अपनी रिसेप्शनिस्ट को···"

"अब समझ जाओ। बच्चों की भांति कुरेदो नहीं। खैर, हम कहां पहुंचे थे?"

"फर्नीचर और कालीन।"

"इनका चुनाव मैं करूंगा।"

"स्वीकार है।"

"अब अगली समस्या है दो फोनों की।"

"दो फोन क्यों?"

"एक घर के लिए और दूसरा क्लिनिक के लिए।"

"क्या घर पर भी आवश्यक है?"

"उतना ही जितना क्लिनिक में।"

"इसके लिए क्या हो सकता है?"

"डाक्टर, पत्रकार, सोशल वर्कर और इसी प्रकार के कुछ लोगों को फोन के मामले में सुविधा दी जाती है। फिर मेरे मरीज़ों में वी॰ आई॰ पी॰ हैं। और ये लोग तुम्हारे मरीज़ भी रहे हैं। यह समस्या तो चुटकी बजाने में हल हो जाएगी।"

"ठीक।"

"अब अगली समस्या है निवास स्थान की।"

"वह भी बदलना पडेगा ?"

"बिलकुल। तुम अब इस खोली में नहीं रह सकते। जिस अमीर इलाके में क्लिनिक होगा वहां ही निवास स्थान आवश्यक है। यानी मेरीन ड्राइव में।"

"बेहतर।"

"अगली समस्या।"

"कहो।"

"कार।"

"लेकिन मेरे पास तो केवल पच्चीस-तीस हज़ार हैं। इनमें क्लिनिक ही खुल सकेगा।" सुरेश ने कहा।

"क्लिनिक भी खुलेगा और इसके साथ कार का होना भी बहुत ज़रूरी है। इसके बिना लोग तुम्हें सर्जन नहीं कंपाउंडर कहेंगे।"

"लेकिन सेकंड हैंड कार दस-ग्यारह हज़ार से कम में न मिलेगी।"

"ठीक।"

"फिर रुपया कहां से आएगा ?"

"चोरी करो, डाका डालो, भीख मांगो, लेकिन कार अवश्य रखो।"

"मैं तीनों काम नहीं कर सकता।"

"मैं जानता हूं तुम यह काम नहीं कर सकते। फिर भी कार अवश्य आएगी।"

"लेकिन कैसे आएगी ?"

"मैं रुपया कर्ज़ दूंगा। बिना ब्याज़ के।"

"ओह भगवान !"

"प्यारे ! अब सर्जन नहीं, दुकानदार हो। एक वेश्या की भांति सोलह श्रृंगार और पूरे नख़रे करने होंगे।"

"अच्छा !" सुरेश ने मुंह बिगाड़कर कहा।

"क्लिनिक, निवास स्थान और कार की समस्या हल हो गई।" खन्ना ने कहा।

"वह जांच के कमरे के बात अधूरी रह गई।"

"अरे हां। मैं कह रहा था कि अस्पतालों में तुम खुश्क इंसान के नाम से विख्यात थे और तुम्हारी पत्नी संसार की सबसे कुरूप स्त्री है। अब तुमने ख्याति कमा ली है। रुपया कमाना शुरू करने वाले हो। इसके बाद तुम्हें सुन्दर औरतों की आवश्यकता पड़ेगी।"

"क्या यह ज़रूरी है ?"

"तुम स्वयं अनुभव करोगे। फिर प्रसिद्ध फिज़ीशियन रिसे-प्शनिस्ट के अतिरिक्त एम॰ डी॰ करने वाली लेडी डाक्टर को जब असिस्टेंट बनाता है, तो पहले उसकी सुन्दरता का निरीक्षण करता है।"

"खैर, मुझे सेक्स से घृणा है।"

"इसलिए कि अब तक मिला नहीं। खैर, इस समस्या को अभी छोड़ देते हैं। अब अन्तिम और बहुत महत्त्वपूर्ण समस्या हल करनी है।"

"वह क्या ?"

"परामर्श की फीस और आपरेशन का प्रबन्ध।"

"परामर्श की फीस ?"

"हां। मैं पच्चीस रुपये और तीस रुपये परामर्श के लेता हूं।"

"वह क्यों ?"

"तुम जानते हो, हर स्पेशलिस्ट दो क्लिनिक खोलता है। एक में सुबह काम करता है दूसरे में शाम को। वह दोनों क्लि-निक शहर के विभिन्न भागों में खोलता है, और दस नये मरीज़ और दस पुराने मरीज़ शाम को देखता है। सुबह को तीस रुपये यानी कुल तीन सौ रुपये और शाम को बीस रुपये यानी कुल दो सौ रुपये। कुल मिलाकर एक दिन में पांच सौ रुपये। इसके अति-रिक्त घरों में जाने की मुंहमांगी फीस। और सप्ताह में पांच दिन काम करो।"

"छः दिन क्यों नहीं ?"

"ताकि लोगों को पता चले कि तुम बहुत व्यस्त सर्जन हो और रुपये का लालच नहीं करते।"

"खूब!"

"खैर, अभी तुम केवल एक क्लिनिक रखो और वहीं सुबह-शाम काम करो। दो वर्ष बाद दो क्लिनिक हो जाएंगे।"

"हूं?"

"हां। अब अन्तिम महत्त्वपूर्ण बात। परामर्श की फीस तय हो गई?"

"नहीं।"

"बीस रुपये।"

"उचित है?"

"हां। अब अन्तिम ज़रूरी बात या समस्या। तुम्हारी ख्याति एक सफल सर्जन की है। तुम बेहतरीन आपरेशन करते हो। और तुम्हारे पास इतना रुपया नहीं कि आपरेशन थिएटर खोल सको। इसलिए मैंने सोचा है कि मैं तुम्हें राज नर्सिंग होम के मालिक डाक्टर राज से मिलवा दूं। इस नर्सिंग होम में हर प्रकार के आधुनिक यंत्र हैं। तुम वहां आपरेशन करोगे। आपरेशन की फीस मरीज़ की कार के मेक और मॉडल के अनुसार तै करोगे, उसके रोग के अनुसार नहीं, और उस फीस में से डाक्टर राज को भाग दोगे पच्चीस प्रतिशत, क्योंकि तुम उसका आपरेशन थियेटर और यंत्र इस्तेमाल करोगे, और नर्सों के अतिरिक्त असिस्टेंट सर्जन की सेवाएं प्राप्त करोगे। इसके लिए पच्चीस प्रतिशत पर्याप्त कमीशन है।"

"मुझे स्वीकार है।"

"तीन-चार वर्ष उपरान्त तुम अपना आपरेशन थिएटर बनाने के योग्य हो जाओगे।" खन्ना ने कहा।

"ठीक है।"

"अब बिलकुल अन्तिम बात।"

"अभी कोई समस्या शेष है?"

"मैंने बात कही है, समस्या नहीं।"

"वह क्या है?"

"इस इतवार को तुम मेरे यहां डिनर पर आमंत्रित हो। मैं ग्रुप के सारे डाक्टरों को बुलाऊंगा और उनसे परिचय कराऊंगा। वह तुम्हारे जीवन का महान दिन होगा।"

"महान क्यों?"

"उस दिन तुम व्हिस्की पीना सीखोगे।"

"क्या वह भी एक सफल फिज़ीशियन या सर्जन के लिए ज़रूरी है?"

"बहुत। व्हिस्कीं के अतिरिक्त तुम मीट, मुर्गा, मछली खाना सीखोगे। और मैं तुम्हें दो महीनों में सिखा दूंगा।"

"लेकिन मैं ये सब नहीं खाता-पीता।"

"वह ज़माना चला गया जब मांस और शराब का इस्तेमाल बुरा समझा जाता था।"

"तो तुम मेरा कायाकल्प करोगे?"

"तुम्हें सफल दुकानदार बनाऊंगा, और क्लब का मेम्बर भी।"

"क्लब कहो या टीम अथवा ग्रुप, लेकिन मैं इसे रैकट कहूंगा।"

"जो मर्जी कहो, लेकिन यदि दूसरे मेम्बरों के सामने ऐसा गलत शब्द प्रयोग किया तो समझ लो कि तुम केवल एक जर्राह रह जाओगे सर्जन नहीं।"

"हे भगवान!"

"अब भगवान को याद करो या मुझे। फिर भी मैं तुम्हें सफल सर्जन बनाकर छोड़ूंगा।"

"सफल सर्जन तो हूं, अब सफल दुकानदार बनाकर छोड़ोगे।" सुरेश ने हंसकर कहा।

"जो मर्जी समझ लो। आज की मीटिंग स्थगित।" और मीटिंग स्थगित हो गई।

चार

डाक्टर खन्ना ने जैसा कहा था उसको वास्तविक रूप देने में अधिक कठिनाई न हुई। डाक्टर खन्ना एक प्रसिद्ध फिज़ीशियन था और तमाम ऊंचे वर्ग के लोगों से उसका सम्पर्क था। फिर वह मिलनसार भी था। उसने सर्जन सुरेश कपूर के लिए मेरीन ड्राइव में तीन कमरों के एक क्लिनिक का प्रबन्ध कर डाला।

इस क्लिनिक की सज्जा में डाक्टर खन्ना ने पूरी दिलचस्पी ली। काउंटर, जहां रिसेप्शनिस्ट को बैठना था, बेहतरीन ढंग से तैयार किया गया। उसकी पहुंच और परिचय से टेलीफोन मिलने

में भी कठिनाई न हुई। एक फोन रिसेप्शन पर था और उसका सम्पर्क भीतर कमरे में डाक्टर सर्जन सुरेश की मेज़ से था। पहले कमरे में मरीज़ों के लिए बेहतरीन कुर्सियां रखी थीं। बीच में एक टेबल, जिसका टॉप शीशे का था, उसपर आधी दर्जन मैगज़ीन थीं। फर्श पर सुर्ख रंग का कालीन, जो डेढ इंच मोटा था। उसमें पांव धंस जाते थे। छत पर पंखे के अतिरिक्त एयर कंडीशनर भी लगवा दिया गया।

दूसरा कमरा डाक्टर सुरेश का था। सागवान का अखरोट के रंग का मेज़। उसपर शीशा। दीवारों पर रोगों की कुछ तस्वीरें। मरीज़ों के लिए चार कुर्सियां और डाक्टर-नर्सों के लिए घूमने वाली कुर्सी। बेहतरीन इंकस्टैंड, जिसपर चार वालपेन और मेज़ पर पेपरवेट। एक ओर एक ट्रे में उसके लैटरहैड —और लाल रंग का टेलीफोन।

तीसरे कमरे में जांच करने के लिए आवश्यक सामान। एक ओर हाथ धोने के लिए वाश बेसिन।

रिसेप्शनिस्ट के लिए अखबार में विज्ञापन दे दिया गया था और उनका इण्टरव्यू डाक्टर खन्ना ने लिया था। और एक ऐसी लड़की का चुनाव किया गया था जो आसानी से फिल्म में काम कर सकती थी। वेतन चार सौ रुपये मासिक।

जब सारी तैयारियां पूर्ण हो गई और क्लिनिक पूरे तौर पर तैयार हो गया, तो इसके उद्घाटन के लिए गवर्नर को बुलवाया गया। डाक्टर खन्ना, डाक्टर लखनपाल, डाक्टर खुराना, डाक्टर मेहता के नाम कार्ड पर आर॰ एस॰ वी॰ पी॰ में छापे गए, और इन सब डाक्टरों ने अपने मरीज़ों को विशेष रूप से आमंत्रित किया।

उद्घाटन बहुत ही शानदार था। अमीर वर्ग के लोग सूटों में और महिलाएं पूरे मेकअप से सुसज्जित होकर आई। पण्डाल बनाया गया था, जहां अतिथियों को बैठना था और गवर्नर के अतिरिक्त सब डाक्टरों को भी भाषण देने थे।

इस शानदार उद्घाटन में यदि कोई नहीं आया तो वह सीता थी। डाक्टर सुरेश कपूर की पत्नी।

इन अद्वितीय सुन्दरियों में उस असुंदर स्त्री के लिए कोई स्थान न था।

डाक्टर सुरेश के सम्मान में गवर्नर और अन्य डाक्टरों ने प्रशंसा के पुल बांधे। अतिथियों में आधे से अधिक लोग डाक्टर सुरेश की ख्याति से परिचित थे। इस शानदार उद्घाटन के बाद सारे अतिथियों को अब डाक्टर सुरेश से ही इलाज कराना था। और इसके अतिरिक्त शहर के हर कोने से रोगियों को आना था।

उद्घाटन बहुत सफल रहा। चाय से अतिथियों का सत्कार किया गया। और जब पार्टी का समारोह समाप्त हुआ तो अगले दिन के लिए आठ मरीज़ों ने एपाइंटमेंट ली।

परामर्श करने की फीस बीस रुपये थी। यानी पहले दिन एक सौ आठ रुपये की आय का साधन पैदा हो गया।

डाक्टर खन्ना ने क्लिनिक के अतिरिक्त उसके लिए तीन कमरों के एक फ्लैट का भी प्रबन्ध कर दिया था। और अन्तिम बात कार की थी। डाक्टर खन्ना ने जैसा कहा था, वैसा किया। दस हज़ार रुपये सुरेश को उधार दिए—बिना सूद के—और कार खरीद ली गई।

यहां तक तो ठीक था।

क्लिनिक में काफी काम था। इधर राज नर्सिंग होम में सुरेश के केस लिए जाने लगे।

सुरेश कपूर इस नये जीवन से बहुत संतुष्ट था। सुसज्जित आधुनिक फ्लैट में रहते हुए वह अनुभव करने लगा था कि अब तक वह किसी मकान में नहीं बल्कि झुग्गी-झोंपड़ी की किस्म के मकान में रहता था।

दोनों बेटे शिक्षा पा रहे थे।

और पैसा अपने-आप आने लगा था। उसे प्राप्त करने के लिए उसे संघर्ष की आवश्यकता न पड़ी।

लेकिन अगला कदम उसके सिद्धान्त के विरुद्ध था।

डाक्टर खन्ना ने जैसा कहा था, एक इतवार को अपने घर डिनर दिया। सारे डाक्टर और मित्र आ गए। और उनके साथ उनकी पत्नियां थीं। लेकिन सुरेश अपनी पत्नी को लेकर न गया।

खन्ना, लखनपाल, मेहता और खुराना की पत्नियां मॉडर्न और सुन्दर थीं। यद्यपि अधेड़ आयु की थी, लेकिन वेशभूषा और मेकअप से सोसायटी की जान दिखाई पड़ती थीं। महिलाएं एक

कमरे में जमा हो गई और पुरुष ड्राइंगरूम में।

खन्ना ने आतिथ्य का कर्तव्य पूरा करना शुरू किया। उसने कैबिनेट खोला जिसमें कई प्रकार की शराब थी।

"डाक्टर मेहता, तुम्हारी पसन्द ?" खन्ना ने पूछा।

"तुम जानते हो।" मेहता ने उत्तर दिया।

"स्काच ?"

"बिलकुल ठीक।" मेहता बोला।

"लखनपाल, तुम ?"

"स्काच।"

"और खुराना, तुम आज चेंज चाहते हो या जिन ही चलेगी ?"

"मैं जिन से संतुष्ट हूं।" खुराना ने कहा।

"और अब हमारा नया मेम्बर डाक्टर सुरेश। तुम क्या पीना पसंद करोगे ?" सबने पूछा।

"खन्ना, तुम जानते ही हो मैं पीता नहीं।" सुरेश बोला।

"मैं ही नहीं हम सब जानते हैं कि तुम पीते नहीं। और आज तुम शुरू कर रहे हो।" खन्ना बोला।

"क्या यह ज़रूरी है ?" सुरेश बोला।

"बिलकुल। जिस तरह एक सफल फिज़ीशियन या सर्जन बनने के लिए सुन्दर क्लिनिक का होना ज़रूरी है, उसी तरह आज के समाज में व्हिस्की पीना और मांस खाना बहुत ज़रूरी है।" खुराना बोला।

"लेकिन तुम जानते हो मैं मांस नहीं खाता।" सुरेश बोला।

"जानते हैं, लेकिन अब यह सब सीखना पड़ेगा। तुम हमसे अलग नहीं हो सकते। तुम्हें वह सब कुछ करना पड़ेगा जो हम करते हैं। और भलाई इसीमें है कि जल्दी से जल्दी सीख लो।" खन्ना ने मुस्कराकर कहा।

"और डाक्टर खन्ना को गुरु स्वीकार कर लो।" लखनपाल ने व्यंग्य किया और मुस्कराकर सुरेश को देखा।

"इस सूरत में कहां से शुरू किया जाए ?" खन्ना बोला।

"बियर से।" मेहता बोला।

"बियर के ज़ायके से तो सुरेश भाग खड़ा होगा।"

"मेरा विचार है इसे स्काच ही दो।" खुराना ने कहा।

"क्या यह ज़रूरी है ?" सुरेश ने अन्तिम बार विरोध किया।

"बहुत।" मेहता बोला।

"फिर मुझे एक चमचा ब्रांडी का दे दो।" सुरेश बोला।

"एक चमचा?" लखनपाल बोला, "डाक्टर सुरेश, व्हिस्की चमचों से नहीं पी जाती। तमाम दुनिया में पैग के हिसाब से पीते हैं। खन्ना, इसे छोटा पैग दे दो।"

"छोटे से क्या बनेगा! सुरेश बच्चा नहीं। एक-दो पैग तो महिलाएं भी पी लेती हैं।" खुराना ने कहा।

"एक पैग ठीक रहेगा।"

खन्ना ने सबके लिए सुन्दर कट गिलासों में स्काच के पैग डाले और खुराना के लिए जिन और लाईम कारडियल का पैग बनाया। फिर ट्रे उठाकर वह उसने सेंटर टेबल पर रख दी।

सुरेश कपूर और खन्ना एक सोफे पर बैठे थे। शेष सब लोग अलग-अलग बैठे थे।

"अपना-अपना गिलास उठाओ।" खन्ना ने कहा।

"क्या मुझे पीना ही पड़ेगा?" सुरेश ने प्रश्न किया।

"बच्चों की भांति कब तक बोलते रहोगे? अब तुम इस क्लब के मेम्बर हो, और तुम्हें वह सब कुछ करना होगा जो हम करते हैं।" खुराना ने कहा।

"लेकिन डाक्टरों को तो शराब नहीं पीनी चाहिए।" सुरेश ने कहा।

"अनथक मेहनत और दिन-भर के काम के बाद एक-दो पैग शरीर की थकान दूर करते हैं।" लखनपाल बोला, "हां, डाक्टरों को, शायरों और उपन्यासकारों की भांति नहीं पीनी चाहिए। एक-दो पैग तबीयत को स्फूर्ति प्रदान करते हैं, भूख बढ़ाते हैं और स्वास्थ्यप्रद हैं। इससे अधिक हानिकारक हैं। अब इस भाषण के उपरान्त अपना गिलास उठा लो।"

सुरेश को गिलास उठाना पड़ा। उसने सूंघा। महक बुरी न थी। आखिर स्काच व्हिस्की थी। इसकी महक दिमाग को झंझोड़ती नहीं।"

"चियर्ज़।" मेहता बोला।

सबने चियर्ज़ कहा और गिलास होंठों को लगा लिए। लेकिन सुरेश इन्हें देख रहा था।

"लेकिन···" सुरेश हिचकिचाया।

"लेकिन-वेकिन भूल जाओ। अब मर्द बनो। आज तक तुम केवल काम करते रहे हो। तुमने कभी सोचा नहीं कि इस शरीर को आराम की भी आवश्यकता है। काम तो सारी उम्र करना है। लेकिन इसके साथ-साथ मनोरंजन भी आवश्यक है। वातावरण का परिवर्तन भी आवश्यक है। और अच्छी सोसायटी में बैठना ज़रूरी है।" खन्ना ने समझाया।

"ओह!" कहकर सुरेश ने गिलास होंठों को लगाया और छोटा-सा घूंट भरा। "थोड़ी कड़वी है।"

"व्हिस्की कड़वी नहीं होती तल्ख होती है। एक जवान और सुन्दर लड़की की भांति।" खुराना ने हंसकर कहा।

"अब सुरेश कपूर को क्या मालूम कि जवान और सुन्दर लड़की क्या होती है!" लखनपाल ने व्यंग्य किया।

"वह भी सिखाना पड़ेगा।" खन्ना ने कहा।

"ज़रूरी है।" खुराना बोला।

"नशा तो नहीं हो जाएगा।" सुरेश ने प्रश्न किया।

"स्काच से नशा नहीं होता। केवल सरूर आता है।" मेहता बोला।

"मैं एक बात नहीं समझ सका।" खुराना बोला।

"क्या?" मेहता ने बात काटकर कहा।

"सुरेश कपूर विलायत में रहे। क्या वहां भी इनपर वाता वरण का प्रभाव न पड़ा?" खुराना ने प्रश्न किया।

"इसपर कोई प्रभाव नहीं पड़ सकता।" लखनपाल बोला।

"लेकिन अब सब कुछ सीख जाएगा।" खन्ना ने कहा।

"सीखना पड़ेगा।" मेहता बोला।

"काम कैसा चल रहा है?" खुराना ने प्रश्न किया।

"ठीक है।" सुरेश कपूर ने उत्तर दिया।

"ठीक से तात्पर्य?"

"मैं दस नये रोगी और दस पुराने रोगी एक दिन में देखता हूं।" सुरेश ने उत्तर दिया।

"बिलकुल ठीक। मैंने यही समझाया था।" खन्ना ने कहा।

"और मैं उसपर अमल कर रहा हूं।" सुरेश बोला।

"प्रैक्टिस तो तुम्हारी कुछ मास में चमक जाएगी।" मेहता बोला।

"अब भी ठीक-ठाक है।" सुरेश ने कहा।

"और तुम्हारी रिसेप्शन-गर्ल का क्या हाल है?" खुराना ने प्रश्न किया।

"ठीक है।"

"ठीक है! तुम तो यूं कह रहे हो जैसे वह मरीज़ थी और तुमने उसका इलाज कर डाला है।" मेहता ने हंसकर कहा।

"फिर किस तरह पूछ रहे हो?" सुरेश ने प्रश्न किया।

"किस तरह पूछा जाता है! आखिर इसे सैकड़ों रुपये मासिक वेतन दे रहे हो। केवल मरीज़ों के नाम लिखने के लिए?" खुराना ने कहा।

"उसका यही काम है।" सुरेश ने कहा।

"अरे, किससे बात कर रहे हो! सुरेश कपूर एक सर्जन है। मशहूर सर्जन। लेकिन इसकी दृष्टि तनिक कमज़ोर है।" खन्ना ने हंसकर कहा।"

"मेरी नज़र तो बिलकुल ठीक है।" सुरेश ने विरोध किया।

"इसके बावजूद तुम्हें आज तक अपनी रिसेप्शन-गर्ल की सुन्दरता और जवानी नज़र नहीं आई?" लखनपाल ने हंसकर कहा।

"ओह भगवान! भीतर लेडीज़ बैठी हैं।" सुरेश ने कहा।

"घबराओ नहीं। वे हमारी पत्नियां हैं। और हम उन्हें जानते हैं और वे हमें जानती हैं। अन्दर इससे अधिक दिलचस्प बातें हो रही होंगी।" खुराना ने कहा।

"बेचारा सर्जन कपूर, एम॰ आर॰ सी॰ एस॰! कुछ भी तो नहीं जानता। चच।" मेहता ने कहा।

"देखते जाओ, एक दिन यह हमें सिखाया करेगा।" खन्ना ने कहा।

"मेरा तो विचार नहीं।" मेहता बोला।

"खुराना!" खन्ना बोला, "एक दिन तुम्हारे फ्लैट में एक शाम गुज़ारी जाए।"

"जब चाहो। क्या चाबी अभी दे दूं?" खुराना ने कहा।

"प्राइवेट फ्लैट?" सुरेश बोला।

"हां" खन्ना ने कहा।

"वहां कौन रहता है?" सुरेश ने प्रश्न किया।

"कोई भी नहीं।"

"फिर वहां क्या होता है?"

"रामायण की कथा।" मेहता ने हंसकर कहा।

"मेरा विचार है कि अगले इतवार की शाम वहां ही प्रोग्राम बनाया जाए। इस सुरेश कपूर को तो बहुत कुछ सिखाना पड़ेगा।" डाक्टर लखनपाल ने हंसकर कहा।

"वहां क्या होता है?" सुरेश ने सवाल किया।

"सर्जरी।" मेहता बोला।

"किस चीज़ की?

"जवानी और सुन्दरता की।" खन्ना ने कहा।

"तो···तो···" सुरेश हिचकिचाया।

"खन्ना, इतनी तेज़ न चलो। अभी दो-चार मीटिंगों में सुरेश कपूर को केवल व्हिस्की पीना सिखाओ, दूसरी दुनिया बाद में।" खुराना ने कहा।

"मेरी राय है, दूसरी दुनिया में पहुंचकर व्हिस्की पीना जल्दी सीख जाएगा।" खन्ना ने कहा।

"फिर ठीक है।" खुराना ने कहा।

"सुरेश!" लखनपाल बोला।

"कहो।"

"सुना है तुम्हारी पत्नी कुछ अधिक सुन्दर नहीं।" लखनपाल ने कहा।

"अधिक सुन्दर नहीं?" सरेश ने गिलास अब खाली कर डाला था, और उसका प्रभाव शुरू हो गया था, "वह तो वह तो···खैर···!"

"फिर तुम्हारे साथ विवाह कैसे हो गया?" मेहता ने प्रश्न किया।

"तुम जानते ही हो कि हमारे यहां दहेज की लानत है। मेरा पिता एक मामूली डाक्टर था और उसने अपनी सारी आयु की कमाई मुझे एम० बी० बी० एस० और एम० आर० सी० एस० कराने में लगा दी। जब मेरे विवाह की समस्या पैदा हुई तो मैं एक लेडी डाक्टर से विवाह करना चाहता था, जो दहेज न लाए। लेकिन मेरी एक छोटी बहन है। उसका विवाह बिना पैसे के न हो सकता था। लड़के खरीदे जाते हैं। मैंने पिताजी से कहा कि इस सूरत में मेरा विवाह चाहे जैसी लड़की से करा दीजिए जो अधिक

से अधिक दहेज लाए।"

"क्या बलिदान है!" खुराना बोला।

"सचमुच।" लखनपाल ने कहा।

"और तुम्हें इससे गिला नहीं?" मेहता ने कहा।

"किस बात का?"

"तुम सर्जन हो और लोगों को जीवन-ज्योति देते हो ताकि वे अपना जीवन सुन्दर और सुखद बना सकें और स्वयं एक असुंदर पत्नी से संतुष्ट हो?" मेहता ने कहा।

"जब मैंने दौलत की खातिर विवाह किया था और वह धन मुझे मिल गया, तो फिर उसके असुंदर होने का गिला कैसा?"

"मुझे तुमसे सहानुभूति है।" मेहता बोला।

"अब तो तुम्हारे लिए कुछ न कुछ करना पड़ेगा। तुम स्वयं तो करने से रहे। अब क्लिनिक में इतनी सुन्दर और जवान रिसे-प्शन-गर्ल रखी है, उसे भी तुम्हारी आंखें देख नहीं सकतीं!"

"लेकिन वह तो नौकर है।"

"अरे, आजकल दफ्तरों में, फर्मों में और क्लिनिक में सुन्दर लड़कियां क्यों रखी जाती हैं? क्या इतना भी नहीं जानते?" खुराना ने कहा।

"मैंने कभी ध्यान ही नहीं दिया।"

"क्यों बेचारे को परेशान कर रहे हो? दस-ग्यारह वर्ष अस्प-ताल की नौकरी की। रजिस्ट्रार था। मेडिकल अफसर था। लेकिन सारी नर्सें और जूनियर डाक्टर इसे खुश्क कहा करती थीं। कुछ नर्सें तो मज़ाक में इसे कुछ और भी कहती थीं।" खन्ना ने कहा।

"वह क्या?" सब बोले।

"डाक्टर मिस सुरेशकुमारी कपूर।" खन्ना ने हंसकर कहा।

"क्यों कपूर? यह ठीक है?" सब हंसकर बोले।

"शायद।" सुरेश झेंपकर बोला।

"आश्चर्य है! इंग्लैंड में शिक्षा प्राप्त सर्जन और अब शहर का मशहूर सर्जन महिलाओं के मामले में अपनी पत्नी के सिवा किसी पराई स्त्री या लड़की को नहीं जानता! और पत्नी भी वह जो असुंदर है!"

सुरेश कपूर की बुरी दशा थी। उसे बीच चौराहे में नंगा किया जा रहा था, उसके पौरुष को ललकारा जा रहा था, और वह

स्वयं को इस महफिल में अजनबी अनुभव कर रहा था।

"खन्ना!" लखनपाल बोला।

"कहो।"

"वैसे तुम इसकी जांच क्यों नहीं करते?"

"अरे, यह दो बच्चों का पिता है। जांच की आवश्यकता नही।"

"फिर तो इसे किसी मनोवैज्ञानिक को दिखाना पड़ेगा। मनोवैज्ञानिक भी कोई लेडी डाक्टर···।" खुराना ने सलाह दी।

"मेरा भी यही विचार है।" मेहता बोला।

"तो तुम्हारे फ्लैट में अगले इतवार का प्रोग्राम रखें?" खन्ना न खुराना से पूछा।

"बिलकुल। मेरा बस चले तो हम अभी वहां पहुंच जाएं।"

"मैं जानता हूं। हम तो ऐसी कई औरतों को जानते हैं जो फोन पर मिल सकती हैं और बुलाई जा सकती हैं।" मेहता बोला।

"चलो एक सप्ताह प्रतीक्षा करो।" लखनपाल बोला।

और यही तय हुआ।

किसीने दो पैग पीए किसीने तीन, इससे अधिक नहीं। फिर डिनर शुरू हो गया। सुरेश ने दो पैग पीए और वह अपने भीतर नयापन अनुभव कर रहा था।

पांच

अगला प्रोग्राम डाक्टर खुराना के फ्लैट पर बना।

एक-एक करके तमाम डाक्टर वहां पहुंच गए। फ्लैट दो कमरों यानी एक ड्राइंगरूम और एक बेडरूम वाला था। इसके अतिरिक्त (सोईघर, जहां आज तक खाना न पका था, लेकिन वहां क्राकरी पड़ी थी। और इसके साथ इंगलिश स्टाइल का बाथरूम, जो पाइलों से सजा था और जिसमें एक आदमकद आईना था। बेडरूम में एक डबल बेड था, जिसपर छः इंच मोटे गद्दे थे। और फर्श पर कालीन था।

ड्राइंगरूम में डबल सोफा सेट, पैग टेबल, सेण्टर टेबल और फर्श पर कालीन था। एक ओर डाइनिंग टेबल थी जिसपर एक समय में छः आदमी खाना खा सकते थे।

आज की महफिल में सुरेश कपूर के अतिरिक्त डाक्टर खन्ना, डाक्टर खुराना और डाक्टर मेहता थे। डाक्टर लखनपाल ने दिन में क्षमायाचना कर ली थी।

व्हिस्की और गिलास मेज़ पर सजा दिए गए।

"क्या मुझे आज फिर पीनी पड़ेगी?" सुरेश कपूर ने प्रश्न किया।

"उस दिन पीने से क्या हुआ था?" मेहता ने हंसकर कहा

"कुछ नहीं। केवल कार चलाते समय अनुभव कर रहा था कि मुझसे बेहतर ड्राइवर कोई नहीं।"

"और यह सच है। व्हिस्की पीने के बाद कार चलाने में एक विशेष आनन्द आता है। लगता है जैसे हम कार नहीं चला रहे, बल्कि कार हमें चला रही है।" खन्ना ने सिगरेट सुलगाते हुए कहा।

"सुरेश, सिगरेट पिओ।" खुराना ने पैकेट बढ़ाया।

"तुम सब डाक्टर हो और सिगरेट पीते हो?" सुरेश बोला।

"इसमें आश्चर्य की क्या बात है? हम सब विदेशों से पढ़कर आए हैं। और वहां सारे डाक्टर सिगरेट पीते हैं।" मेहता बोला।

"और घोषणा होती रहती है कि सिगरेट पीने से कैंसर हो सकता है।" सुरेश ने कहा।

"वह तो एक फ्रॉड है। डाक्टरों की एक टीम जमा हो गई और घोषणा कर दी कि सिगरेट पीने से कैंसर होता है। अगले दिन सिगरेट बनाने वाली फैक्टरियां अपने प्रतिनिधि भेजेंगी और उन्हें लाखों रुपये दे दिए जाएंगे। फिर डाक्टर घोषणा कर देंगे कि सिगरेट का सेवन कम किया जाए तो कैंसर का डर नहीं रहता। औरतों को कैंसर हो जाता है जो सिगरेट का सेवन नहीं करतीं। और उन पुरुषों को कैंसर हो जाता है जो सिगरेट नहीं पीते। इसलिए यह सब वहम है।" खन्ना ने कहा।

"और तुम मशहूर फिज़ीशियन हो।" सुरेश ने हंसकर कहा।

"वह रोगियों को बताया जाता है। जिस मरीज़ को सिगरेट पीने से कैंसर हो जाए उसे कह दिया जाता है कि उसे सिगरेट पीना बंद कर देना चाहिए।" खन्ना ने कहा।

"इसका मतलब है इलाज के दो स्टैंडर्ड हैं।" सुरेश बोला।

"इस दुनिया में हर चीज़ के दो स्टैंडर्ड हैं।" खुराना ने कहा,

"अब गिलास उठाओ।"

"आज किसे बुलाया है?" खन्ना ने कहा।

"मिसेज़ चावला को।"

'वही जो बैंक में आफिसर है?" मेहता बोला।

"अरे तुम तो कई बार मिले हो।"

"अब एक हो तो कोई याद भी रखे। इस शहर में तो कॉल गर्ल कालोनियां बन गई हैं। तमाम पॉश कालोनियों में आधे अमीर यही धंधा करते हैं। पत्नियां या जवान बेटियां।" मेहता बोला।

"यदि मिसेज़ चावला पसन्द नहीं तो किसी और को फोन कर देता हूं।" खुराना ने कहा।

"क्या मतलब? फोन पर औरतें मिल जाती हैं?" सुरेश ने आश्चर्यचकित होकर कहा।

"तुम फोन की बात करते हो, इनके फ्लैट की सजधज, फर्नीचर और सजावट देखो तो अपना फ्लैट भूल जाओ और स्वयं को हीन समझने लगो। फोन लगे हुए हैं और दर्जनों के पास तो अपनी कार भी हैं। अब इसी मिसेज चावला को ले लो। बैंक में अफसर है। बैंक भी अमरीकन। जहां अफसर का वेतन पन्द्रह सौ से कम नहीं।" खुराना ने कहा, "पति की अपनी कार है और मैडम की अपनी।"

"उसे यह नीच काम करने की क्या ज़रूरत है?" सुरेश बोला।

"तुम इसे नीच काम कहते हो? निरे गावदी हो! अरे अब यह देश पश्चिम से कम नहीं। यदि पुरुष को विभिन्न स्त्रियों में दिलचस्पी हो सकती है तो औरत क्यों पीछे रहे?"

"मिसेज़ चावला का पति क्या करता है?" सुरेश बोला।
"स्मगलिंग।" खुराना बोला।

"स्मगलिंग!" सुरेश चौंक पड़ा।" फिर ऐसे लोगों से सम्पर्क रखना खतरे से खाली नहीं।"

"क्या मतलब?" मेहता ने कहा।

"पुलिस छापा मार सकती है।"

"वह जिस तरह की स्मगलिंग करते हैं वहां इंस्पेक्टर और डी॰ एस॰ पी॰ हाथ नहीं डाल सकते। उनका उठना-बैठना आई॰

जी० और डी० आई० जी० में है। सेक्रेटरी रैक के अफसरों है।" खन्ना ने कहा।

"किस चीज़ की स्मगलिंग करता है?" सुरेश दिलचस्पी लेने लगा।

"भगवान की।" मेहता ने हंसकर कहा।

"भगवान की?" सुरेश के लिए यह अचम्भा था।

"हां। इसमें अचम्भे की क्या बात है? आजकल भगवान की मूर्तियों की विदेशों में बहुत मांग है। और एक-एक मूर्ति के लाखों रुपये मिलते हैं। यदि मूर्ति एक हज़ार वर्ष से अधिक पुरानी हो तो पांच लाख तक मिल जाते हैं।" खुराना बोला।

"और भगवान को आपत्ति नहीं?" सुरेश ने कहा।

"भगवान को तो रहना ही है—भारत के किसी मंदिर मे रहे या किसी करोड़पति अमरीकन के ड्राइंगरूम में।"

"और पकड़े नहीं जाते?"

"चावला स्वयं चोरी नहीं करता, कराता है, और पांच-दस हज़ार रुपये दे देता है। फिर वह इन्हें अपनी दौलत के जोर पर देश से बाहर ले जाता है। हर अफसर को भाग मिल जाता है। सुरेश, तुम कैसी दुनिया में रहते हो? क्या अखबार नहीं पढ़ते?"

"पढ़ता हूं। लेकिन मैंने सवाल किया था कि पकड़े नहीं जाते?"

"पकड़ने वाले को भूख नहीं लगती? क्या उसे धन की आवश्यकता नहीं? फिर ये चोटी के वकील किस मर्ज़ का इलाज हैं?"

"और यह सब किसलिए?" सुरेश ने पूछा।

"दौलत···दोलत···दौलत—हर कोई लखपति बनना चाहता है। जब लखपति बन जाता है तो करोड़पति बनना चाहता है। ईमानदारी, मेहनत, सचाई, परिश्रम ये तो गरीबों और मध्यम श्रेणी के लोगों के लिए रह गए हैं। कौन-सा अफसर है जिसके वार्ड रोब में एक करोड़ रुपये से कम रुपये पड़े हैं? जबकि जनता के पास खाने को अनाज तक नहीं। देश में बेरोज़गारी है, बेकारी है, भूख है, नग्नता है, और हाकिम लोग अपनी वार्डरोब नोटों से भर रहे हैं। अब इस देश का ईमान-धर्म केवल पैसा है। और जो पैसे वालों को गालियां देते हैं, वे मूर्ख हैं।" खन्ना ने कहा।

"लेकिन इतनी दौलत के बावजूद मिसेज़ चावला ऐसा क्यों करती हैं?" सुरेश की उत्सुकता बढ़ गई।

"अब वह आएगी तो पूछ लेना।" मेहता ने हंसकर कहा। उसी क्षण फोन की घंटी बज उठी।

"मेरा विचार है उसीका फोन है।" कहकर खुराना उठा, और फोन के पास चला गया। उसने फोन उठाकर कहा, "हैलो।"

"मैं मिसेज़ चावला बोल रही हूं।"

"घड़ी देखी है?"

"जी हां। ज़रा लेट हो गई हूं। कुछ मेहमान आ गए थे। मैं दस मिनट में पहुंच रही हूं।"

जल्दी आओ। यहां तुम्हारी प्रतीक्षा हो रही है। दस मिनट से अधिक न लगाना।"

"अभी आई।" कहकर मिसेज़ चावला ने फोन बन्द कर दिया।

"यह औरत नहीं बिजलीघर है। 220 वाल्टेज पर नहीं चलती, बल्कि 660 वाल्टेज पर चलती है।" खुराना ने सोफे पर बैठते हुए कहा।

"तुमने केवल एक का ही प्रबन्ध किया है?" मेहता ने प्रश्न किया।

"हां।" खुराना बोला।

"क्यों?"

"मिसेज़ चावला का हुक्म।" खराना बोला।

"उसका हुक्म क्यों? वह कोन होती है हुक्म चलाने वाली? उससे क्या होता है? मैं दो और को बुला लेता हूं।" खन्ना ने कहा।

"मैं दस को बुला सकता है। लेकिन मैंने कहा है कि मिसेज़ चावला पूरा पावर हाउस है। उसने शिकायत की थी और फिर हुक्म दिया था।"

"क्या शिकायत की थी?" मेहता बोला।

"एक बार कहा कि यदि मुझे बुलाना हो तो और किसीको न बुलाया करो। मैं दूसरी लड़की को सहन नहीं कर सकती।" खुराना बोला।

"वह क्यों?"

"वह कहती है कि डाक्टर खुराना, यदि तुम्हारे पांच-छः दोस्त हों, तो मैं उन सबके लिए अकेली ही काफी हूं। फिर और को क्यों बुलाते हो? और यदि अब किसी और को मेरी उपस्थिति में बुलाया तो फिर मैं आऊंगी नहीं। और मिसेज़ चावला आदि से अन्त तक, उत्तर से दक्षिण और पूर्व से पश्चिम तक औरत है। उसका शरीर सांचे में ढला है। पैंतीस वर्ष की हो गई है, लेकिन पच्चीस वर्ष की दिखाई पड़ती है। सुबह छः प्रकार के साबुन से तो स्नान करती है। योग की क्लास में जाती है। कहती है, योग से उसका शरीर सुडोल और तना हुआ रहता है। और यह सच है। मेरे जीवन में डेढ़ सौ से अधिक औरतें और लड़कियां आई हैं, लेकिन मिसेज़ चावला अपनी जगह एकमात्र है, उसका जवाब नहीं। और मैं चाहता था कि सुरेश कपूर की इस ज़िन्दगी की शुरुआत बेहतरीन स्त्री से हो, किसी लड़की से नहीं। लड़कियां तो सेक्स को बिलकुल नहीं जानतीं। औरत पैंतीस और अड़तीस वर्ष की आयु में सेक्स को अच्छी तरह समझ चुकती है।"

"मैं कुछ सोच रहा था।" मेहता बोला।

"तो कह डालो!" खन्ना ने कहा।

"इस फ्लैट की एक चाबी और बनानी पड़ेगी।" मेहता ने कहा।

"क्यों नहीं?" खुराना बोला। फिर कुछ रुककर पूछने लगा, "तुम्हारा मतलब शायद यह है कि अब सुरेश कपूर भी इस फ्लैट का मेम्बर बनेगा?"

"बनेगा नहीं, आज के बाद इसे किसी समय भी इस फ्लैट की आवश्यकता पड़ सकती है।" मेहता ने कहा।

"नहीं, नहीं।" सुरेश ने विरोध किया।

"क्या बच्चों की भांति नहीं-नहीं कर रहे हो! आज की शाम गुज़रने दो या रात। फिर तुम देखोगे कि आज तक दुनिया में कितनी महान वस्तु से वंचित रहे हो! काम, काम, काम—अरे कपूर, काम के अतिरिक्त इस दुनिया में कुछ और भी है।"

"आज से सुरेश भी इस फ्लैट के खर्चे का भागीदार होगा।" खन्ना ने कहा।

"कितना?" सुरेश ने पूछा।

"घबराओ नहीं, तुम आसानी से दे सकते हो।"

"और मिसेज़ चावला कब तक रहेगी?" सुरेश पर व्हिस्की असर कर रही थी।

"चाहो तो तुम सारी रात काट सकते हो।"

"नहीं, मेरी पत्नी परेशान होगी।"

"तो दो बजे तक। लेकिन तुम जब चाहो तमाम रात बसर कर सकते हो। कल ही एक फालतू चाबी बन जाएगी जोकि तुम्हारे पास होगी। अब तुम्हें इस फ्लैट की अक्सर आवश्यकता पड़ेगी। लड़की का खर्चा हर कोई चुकाता है, लेकिन आज हमारी ओर से भेंट समझो।"

"वैसे क्या चार्ज करती है?"

"सौ रुपया प्रति पुरुष।"

"यानी हम चार से चार सौ रुपये?"

"बिलकुल।"

"फिर तो वह लखपति होगी।"

"इससे भी अधिक। लाख रुपया आजकल होता क्या है!"

"सौ रुपया!" कपूर जैसे अपने-आपसे बोला।

"कपूर को तुम डरा रहे हो! आज ही सब कुछ बता दिया तो यह भाग जाएगा।" खन्ना ने हंसकर कहा।

"भागकर अब जाएगा कहां! मैं इसकी टांगें तोड़ दूंगा।" खुराना ने लपककर कहा, "सुरेश कपूर! इस फ्लैट का नियम है कि जितनी व्हिस्की आज खत्म होगी उतनी ही कल यहां पहुंचा दी जाएगी। यहां हर समय एक दर्जन बोतलें स्टाक में रहती हैं।"

"लेकिन मैं तो इतनी पीता नहीं।" सुरेश ने हिसाब लगाया, "वैसे एक बोतल कितने की आती है?"

"अस्सी या नब्बे रुपये की।" उत्तर मिला।

"ओह भगवान! यह तो बहुत ज्यादा है।"

"अब क्या रुपया बैंक में जमा करोगे? उसे खर्चना भी तो सीखो।"

उसी क्षण किसीने कॉल बेल पर उंगली रख दी।

"मैडम आ गई है।" खुराना बोला।

"मैं दरवाज़ा खोलता हूं।" मेहता बोला।

"मुझे खोलने दो।"

खुराना ने दरवाज़ा खोला। और मिसेज़ चावला भीतर आ

गई।

"क्षमा कीजिए, तनिक देर हो गई। कुछ मेहमान आ गए थे।"

"मेहमान या फ्रेंड?" खुराना ने व्यंग्य किया।

"तुम खुद समझदार हो···"हैलो!" वह सबसे बोली।

"मेरा विचार है तुम डाक्टर मेहता और डाक्टर खन्ना से मिल चुकी हो।"

"जी हां।"

"और इनसे मिलो। यह हैं प्रसिद्ध सर्जन सुरेश कपूर।"

"बहुत नाम सुना है।" मिसेज़ चावला ने कहा।

सुरेश उसका निरीक्षण कर रहा था। तमाम कमरा लैवेण्डर की महक से भर गया था। सचमुच मिसेज़ चावला बहुत सुन्दर थी, या शायद व्हिस्की का असर था। उसके शरीर पर जो साड़ी थी वह सात-आठ सौ से कम की न होगी। और चेहरे पर विलायती मेकअप था। सिर के बाल कटे हुए थे और कंधों को छू रहे थे। पतले होंठ, बड़ी आंखें, खुला मस्तक, सुतवां नाक—गर्ज़ कि वह सौन्दर्य की प्रतिमा थी। खुराना ने सही प्रशंसा की थी। वह पच्चीस वर्ष से अधिक आयु की दिखाई न दे रही थी।

"खुराना, मेरा तो प्यास से कंठ सूख रहा है।"

"पहले डाक्टर सुरेश कपूर के पास बैठ जाओ।"

"बेहतर।" कहकर वह सुरेश के पहलू में बैठ गई। बैग उसने सोफे पर रख दिया।

सुरेश जरा सिमटा।

"मिसेज़ चावला, सुरेश बिलकुल अनाड़ी है। इसे आज तक काम से अवकाश ही नहीं मिला। ज़रा इसका ध्यान रखना।"

"ध्यान! इसे स्वर्ग का आनंद दिलाऊंगी।"···

"खुराना! मैंने कहा था कि मेरा कंठ प्यास से सूख रहा है।" कुछ रुककर मिसेज़ चावला ने कहा।

"मैं गिलास दे रहा हूं। और अब तुम साकी का कर्तव्य भी पूरा करो।"

"साकी क्या, अब तो मैं महफिल की जान बन जाऊंगी। जहां मैं होती हूं, वह महफिल बहुत रंगीन होती है।"

"इसमें क्या संदेह है!" कहकर खुराना ने गिलास रखा।

मिसेज़ चावला ने बोतल उठाई और उसमें डेढ़ पेग व्हिस्की डाली और फिर सोडा डाला।

"डाक्टर कपूर!" मिसेज़ चावला ने गिलास उठाया।

"जी।"

"मैं आपको कपूर कहूं या सुरेश?"

"जो आप बेहतर समझें।"

"सुरेश बेहतर रहेगा। कपूर कहने से तो ऐसा लगता है जैसे आप मशहूर सर्जन नहीं बल्कि ज्यूलरी की दुकान के मालिक हों और सोना-चांदी बेच रहे हों।"

सब हंस दिए, "देखा! अब आएगी महफिल में जान। क्यों सुरेश? अब बताओ ज्यूलर हो या सर्जन?"

"सर्जन।" सुरेश ने उत्तर दिया।

"फिर मैं सुरेश कहूंगी।"

"सुरेश डालिंग क्यों नहीं?" खुराना ने व्यंग्य किया।

"वह दो पेग के बाद। अच्छा चियर्ज़।"

"चियर्ज़।" सबने गिलास उठाए और होंठों से लगाए। हर किसीने हलका-सा घूंट लिया और गिलास मेज़ पर रख दिए। लेकिन मिसेज़ चावला ने आधे से अधिक गिलास खाली कर दिया।

"सचमुच तुम बहुत प्यासी हो।" खुराना ने गिलास की ओर संकेत किया।

"मैं तो मर रही थी। इस मेहमान को भी आज ही आना था।"

"कौन था?"

"एक सम्बन्धी था। अपने बेटे के लिए नौकरी चाहता था।" कहकर मिसेज़ चावला ने गिलास खाली कर डाला।

"तुमसे बेहतर सिफारिश कहां मिल सकती है!"

"इसमें क्या संदेह है! आज दिन में एरिया मैनेजर, जो अमरीकन है, उससे झड़प हो गई।"

"तुम झगड़ती भी हो?" खुराना हंसा।

"अव्वल दर्जे का मूर्ख है। हां, तो सुरेश, मैं कुछ अरसे से किडनी में कष्ट अनुभव कर रही हूं।"

"क्या कष्ट है?" सुरेश बोला।

"यह क्लिनिक नहीं," मेहता बोला, "तुम एपाइण्टमेण्ट लेकर क्लिनिक में मिलना।"

"क्या कष्ट है?" सुरेश सर्जन बन गया।

"तकलीफ तो कोई नहीं, आपके दोस्त खुराना ने कहा था कि आपको काम से अवकाश नहीं। मैं जानना चाहती थी कि क्या आप हर समय केवल अपने धंधे की बातें करते हैं।"

"वाह, वाह, क्या पकड़ा! क्यों सुरेश कपूर, अब बताओ। अब हर समय और हर अवसर पर अपने धंधे की बात करोगे?" खन्ना ने हंसकर प्रश्न किया।

सुरेश झेंपकर बोला, "मैंने इन्हें गंभीर समझा था।"

"मिसेज़ चावला और शाम को गंभीर! यह तो स्वप्न में भी गंभीर नहीं होतीं। स्वप्न में भी चुहलबाज़ी करती रहती हैं।" खुराना ने कहा।

"नहीं खुराना। मेरी आंखों में भी कुछ कष्ट है।"

"क्या?" सुरेश फिर गंभीर हो गया।

"मैं आज महफिल में कमी देख रही हूं।"

"वह तुम्हारा लखनपाल अनुपस्थित है।"

"हां। मुझे उसकी बातें बहुत पसन्द हैं। व्हिस्की पीकर शे'र सुनाने लगता है। उसे तो शायर होना चाहिए था। खामखाह एक्स-रे करता है। यद्यपि वह यह भी नहीं जानता कि औरत के कपड़ों के नीचे उसका शरीर होता है।" मिसेज़ चावला अपना दूसरा पेग बना रही थी।

"एक दिन तुम उसकी ई॰ सी॰ जी॰ कर रही थीं?" खन्ना ने कहा।

"मेरी ई॰ सी॰ जी॰ से तो उसकी जान जाती है। मैं तो जैसे ही उसके दिल पर हाथ रखती हूं, उसकी धड़कन तेज़ हो जाती है।" मिसेज़ चावला ने चहककर कहा।

"एक वह क्या, तुम जिसके दिल पर भी हाथ रख देती हो उसके दिल की धड़कन तेज़ हो जाती है।"

"खुराना डार्लिंग।"

"यस डार्लिंग।"

"आज प्रोज़ेक्टर नज़र नहीं आ रहा है।"

"प्रोज़ेक्टर तो बेडरूम में पड़ा है।"

"कोई नई फिल्म आई है?"

"नहीं।"

"क्या बात है, फिल्मों का अकाल पड़ गया है?"

"एक मित्र हांगकांग गया है। मैंने उसे कहा है कि वहां से नई बल्कि बिलकुल नई और अनोखी फिल्में लाए।"

"मिसेज़ चावला, सुरेश को विस्मृत किए जा रही हो!" मेहता बोला।

"बिलकुल नहीं। सुरेश तो डार्लिंग है। ज़रा शर्मा रहा है लेकिन इसकी शर्म और झिझक अभी दूर कर देती हूं।" कहकर उसने सुरेश कपूर की कमर में बाज़ू डाला और उसे खींचकर अपनी गोंद में डाल लिया। 'क्यों सुरेश डार्लिंग, तुम व्हिस्की पी रहे हो या सूंघ रहे हो?"

"पी रहा हूं।"

"और तुम्हारा गिलास उसी तरह पड़ा है। शायद इस गिलास में कोई खराबी है। तुम मेरे गिलास से पीओ।" कहकर उसने अपना गिलास सुरेश के होंठों से लगाया, "लो, घूंट लो।"

"लेकिन यह जूठा है।" सुरेश ने गोद से उठते हुए कहा।

"सुरेश डार्लिंग, व्हिस्की जूठी नहीं होती। यदि तुम इसे जूठा कहते हो तो फिर मेरे होंठों को, मेरे शरीर को भी जूठा कहोगे। विश्वास करो, मुझे स्नान किए एक घंटा हुआ है। क्या मेरे शरीर से महक नहीं आ रही है?"

"आ रही है, लेकिन···।"

"फिर वही लेकिन! अब ज़रा मेरे गिलास से पीओ और सिद्ध कर दो कि तुम पुरुष हो।"

"इसमें पौरुष की क्या बात है?"

"बात कोई विशेष नहीं, यह तो आरम्भ है। शेष तो तुम सिद्ध करोगे ही। वैसे याद रखो, तुम सब डाक्टर हो। लेकिन डाक्टरी सिद्धान्तों के अनुसार मुझसे अधिक साफ कोई नहीं। इस मामले में मैं तुम डाक्टरों से बेहतर डाक्टर हूं। लो अब हठ न करो। मैं दूध नहीं पिला रही हूं, व्हिस्की पिला रही हूं, और इसे एक ही सांस में खत्म कर डालो।"

"अब तो करना पड़ेगा।" मेहता बोला।

"वरना यह हमारे पौरुष की मौत होगी।" खन्ना बोला।

"सुरेश, सिद्ध करो कि तुम पुरुष हो। तुम्हें एक सुन्दर स्त्री ने चैलेंज किया है।"

"मैं कोशिश करता हूं।" सुरेश ने कहा।

"यह बात हुई न पुरुषों वाली।" सब बोले।

शराब मनुष्य की शत्रु नहीं, लेकिन शराबी मानव के शत्रु हैं। इसी प्रकार के वायदे और कसमें देकर मानव को अधिक पीने पर विवश किया जाता है और यह विवशता इसके पक्ष में हानिकारक सिद्ध होती है।

सुरेश ने एक ही बार में तो नहीं बल्कि दो बार में गिलास खाली कर डाला।

"अब क्या विचार है डार्लिंग?" खुराना मिसेज़ चावला से सम्बोधित हुआ।

"तुम्हारा मित्र बहुत जल्दी सब कुछ सीख जाएगा।" मिसेज़ चावला बोली।

"तो अगला कदम क्या है?" मेहता ने प्रश्न किया।

"एक प्यासा चुम्बन।" कहकर मिसेज़ चावला ने सुरेश के गले में बांहें डालीं और उसे अपनी ओर खींचा। फिर होंठ उसके होंठों पर रख दिए।

सुरेश के माथे पर पसीना आ गया। इतने मर्दों के सामने इस ढिठाई से उसे एक पराई स्त्री चूमे, उसके स्वप्न में भी न था।

लेकिन सुरेश का यह भ्रम शराब के नशे के साथ-साथ दूर होता गया। फिर तो बेहयाई और बेशर्मी की तमाम सीमाएं एक-एक करके टूटती गईं।

"ग्यारह बजने वाले हैं।" मिसेज़ चावला पर नशा, छा रहा था। "खुराना, खाना कब आएगा?"

"मैंने ग्यारह बजे के लिए कहा था।"

"कौन-से रेस्टोरेंट से?" मिसेज़ चावला ने पूछा।

"तुम्हारा मन-पसन्द रेस्टोरेंट। बैरा अब आया ही चाहता है।"

"अब तो भूख परेशान कर रही है।" मिसेज़ चावला बोली।

"इतनी देर एक पेग और सही।"

"वह तो मैं सारी रात पी सकती हूं। आप लोग थक सकते

है, मैं नहीं थक सकती।”

“हम जानते हैं।” खन्ना बोला।

अब उनकी यह दशा थी कि मिसेज़ चावला के शरीर पर साडी न रही थी। किसीने कोट उतार दिया था और किसीकी टाई की गांठ खुलकर गरेबान को नंगा कर रही थी।

आखिर खाना आ गया। खुराना ने दरवाज़े के बाहर ही खाने के पैकेट संभाल लिए और बरा को टिप देकर चलता कर दिया।

खाने के पैकेट मेज़ पर ही रख दिए गए। किसीको प्लेट उठाने का अवकाश न था। वे खाने पर टूट पड़े। सुरेश के भाग में मटर पुलाव आया।

“तुम अभी मीट भी नहीं खाते!” मिसेज़ चावला ने मुर्ग की टांग चबाते हुए कहा।

“अभी यह बिलकुल अनाड़ी है।”

“घबराओ नहीं। मैं सब कुछ सिखा दूंगी।”

दस मिनट में खाना खत्म हो गया। अब हाथ धोने के लिए उन्हें बाथरूम जाना था। वे सब एक बार उठे और बाथरूम चले गए।

खुराना ने मिसेज़ चावला के कान में कहा, “सुरेश आज जीवन में पहली बार पराई स्त्री को मिल रहा हैं। इसका विशेष ध्यान रखना।”

“मैं इसे ऐसा खुश करूंगी कि आज के बाद यह पराई स्त्री के लिए हर समय तड़पता रहेगा।”

“मुझे तुमपर पूरा विश्वास है।”

एक-एक करके वे ड्राइंगरूम में आ गए। मिसेज़ चावला की साड़ी सोफे पर पड़ी थी। वह ब्लाउज़ और पेटीकोट में थी। उसने अपना गिलास भरा और मुस्कराकर सुरेश को देखा।

“आओ।”

“कहां?”

“अब यह भी बताना पड़ेगा?”

“चलो सुरेश, चलो।” खुराना बोला।

“लेकिन कहां?”

“जहां मिसेज़ चावला कहती हैं। जाओ, साथ जाओ।”

“नहीं, पहले कोई और।”

"अब ज़िद न करो। जैसे कहते हैं करते जाओ।"

सुरेश के बाज़ू को मिसेज़ चावला ने पकड़ा और खींचती हुई बोली, "घबराओ नहीं, तुम मेरे साथ सुरक्षित हो।"

रात गुज़रती रही। बारी-बारी डाक्टर अन्दर जाते रहे और लोटते रहे। यहां तक कि रात का डेढ़ बज गया।

मिसेज़ चावला भी ड्राइंगरूम में आ गई।

"अब क्या प्रोग्राम है?" मिसेज़ चावला ने प्रश्न किया।

"मैं तो घर जाऊंगा।" सुरेश सबसे पहले बोला।

"मैं भी।" मेहता बोला।

"और मुझे भी जाना है।" खन्ना ने कहा।

"लेकिन मैं तो अब कहां जाऊंगा? सुबह पांच बजे जाऊंगा। क्यों डार्लिंग?" खुराना मिसेज़ चावला से सम्बोधित हुआ।

"कल इतवार है। और मुझे कोई जल्दी नहीं।" मिसेज़ चावला गिलास में व्हिस्की डाल रही थी।

"खुराना!" सुरेश बोला।

"कहो।

"ज़रा इधर आना।"

"अरे! यहां ही बात कर लो। अब कौन-सी प्राइवेट बात रह गई है?" मेहता ने कहा।

सुरेश पर अब शराब छा चुकी थी। "मिसेज़ चावला को मैं क्या दूं?"

"कुछ नहीं। आज तुम हमारे मेहमान हो।"

"लेकिन यह गलत बात है।"

"आज के बाद ऐसी गलती न होगी।" खुराना बोला, "अब जाओ और जाकर आराम करो, या ठहरना चाहते हो तो रुक जाओ।"

"नहीं। मैं जाऊंगा।"

"बेहतर।"

बाहर निकलकर सुरेश, मेहता और खन्ना अपनी-अपनी कार में बैठ गए।

कारें दौड़ने लगीं।

सुरेश के मुंह से लिपस्टिक की महक आ रही थी। बल्कि वह इस महक की लज्ज़त में मज़ा ले रहा था। और उसके शरीर से

लैवेण्डर की महक उठ रही थी, जो मिसेज़ चावला के शरीर से मिली थी। वह अड़तीस वर्ष की आयु के लगभग था और जीवन में पहली बार उसे अनुभव हुआ था कि अब तक वह स्त्री से नहीं मिला था। सीता उसकी पत्नी थी। लेकिन उसे अपना सारा पिछला जीवन खाली-खाली अनुभव हुआ था। वह अब तक कहां भाग रहा था! पराई स्त्री और वह भी सुन्दर स्त्री का आनंद ही कुछ और होता है। यह बात उसपर आज़ प्रकट हुई थी।

वे नगर के प्रसिद्ध डाक्टर थे, जो मरीज़ों का इलाज करते थे। और यह इनका प्राइवेट जीवन था, जो कितना घिनौना और कुरूप था! ये डाक्टर, जो दूसरों के लिए देवता तुल्य थे, स्वयं काम-पिपासु थे। वासना इनकी कमज़ोरी थी।

सुन्दर स्त्रियां और घिनौना जीवन! रात के अंधकार में किस प्रकार के गुनाह पलते थे!

लेकिन सुरेश आज पाप और पुण्य से दूर था। वह तो स्वयं को हलका-फुलका अनुभव कर रहा था जैसे वर्षों से उसके शरीर में जो ऐंठन थी वह दूर हो गई थी। कार दौड़ न रही थी, बल्कि उड़ रही थी। एक क्षण के लिए उसे ध्यान आया कि उसके चेहरे या होंठों पर कहीं लिपस्टिक के निशान तो नहीं? इस विचार से उसने जेब से रूमाल निकालकर चेहरे और होंठ अच्छी तरह रगड़े, और कार के अंदर रोशनी जलाकर रूमाल देखा। लेकिन रूमाल साफ था। मिसेज़ चावला सस्ती लिपस्टिक इस्तेमाल न करती होंगी।

कार हवा से बातें कर रही थी। और सुरेश ने फैसला कर लिया कि अब ये बातें उसके जीवन का अंग होंगी। वह आज तक एक लाश था या ऐसी मशीन जो काम करने के लिए बनी थी। लेकिन अब वह अपना जीवन बदल देगा। यह उसका फैसला था।

छः

सरेश ने सीता से इसलिए विवाह किया था कि उसे दौलत की आवश्यकता थी और सीता के पिता के पास दौलत थी।

विवाह हो गया था लेकिन उसने कभी सोचा ही न था कि उसकी पत्नी शक्ल-सूरत में कैसी है। उस स्त्री ने दो लड़कों को

जन्म दिया था। और सुरेश पत्नी को भुलाने के लिए काम में डूब गया था।

काम ही उसका सब कुछ बन गया था। पत्नी की असुंदरता पर काम की सुंदरता ने पर्दा डाल दिया था और वह एक सफल सर्जन बन गया था।

लेकिन मिसेज़ चावला ने उसके जीवन में तूफ़ान पैदा कर डाला था। उसके भीतर सोए हुए पुरुष को जगा डाला था, और इसके साथ ही उसे एक नई दुनिया से परिचित कराया था। वह नई दुनिया थी सुंदरता।

प्रत्येक नारी को भगवान ने एक ही प्रकार के अंग दिए हैं, लेकिन मिसेज़ चावला को मिलने के बाद उसे आभास हुआ कि अंग एक-से हो सकते हैं, लेकिन उनका आनंद अलग है और आज तक वह इस आनंद से वंचित रहा था।

जिसने आम नहीं चखा वह उसके मज़े को बयान नहीं कर सकता। यही दशा सुरेश की थी।

मिसेज़ चावला के शरीर के भी वही अंग थे जो उसकी पत्नी के थे। रंग और रूप अलग-अलग थे। लेकिन केवल रंग और रूप अलग-अलग होते तो बात दूसरी थी। अब तो प्रश्न आनंद का था।

सुरेश अब चालीस के लगभग था। सारी जवानी उसने सीता के साथ गुज़ारी थी। लेकिन मिसेज़ चावला ने उसको आभास दिलाया कि स्त्री केवल स्त्री ही नहीं बल्कि वह कुछ और भी है। यदि स्त्रियों की सूरतें, रूप-रंग अलग-अलग हैं तो उनका आनंद भी अलग-अलग है।

सुरेश को आभास हुआ कि वह नासूर को पालता रहा था। और अब वह नासूर फट गया है। सीता ने कभी उसे आभास न दिलाया था कि उसका शरीर हलका-फुलका हो सकता है। उसके शरीर का तनाव, मस्तिष्क का बोझ कम हो सकता है।

अगला एक वर्ष बहुत तूफ़ानी सिद्ध हुआ। अठारह, बीस, बाईस वर्ष की लड़कियां और तीस और उनतीस वर्ष के मध्य की औरतें!

प्रत्येक इतवार खुराना के फ्लैट पर महफिल जमती। स्त्री पहले तो उसका शौक थी, फिर ज़रूरत और अब कमी बनकर रह गई

थी।

इस कमी ने उसके भीतर दानवता का अंश जाग्रत् कर डाला। वह नोचता, झंझोड़ता, गुत्थमगुत्या होता।

इस आग को हवा देने के लिए ब्ल्यू फिल्में हर समय मिलती थीं।

एक वर्ष की तूफानी ज़िन्दगी गुज़ारने के बाद वह एक नतीजे पर पहुंचा। अनुभव ने यही सिद्ध किया कि अठारह-बीस वर्ष की लड़कियां उसके काम की न थीं। उसे एक ऐसी स्त्री की आवश्यकता थी जो तीस-बत्तीस वर्ष की हो और बेहद अनुभवशील हो।

अब वह ऐसी स्त्री की तलाश में था।

उसने कई रिसेप्शनिस्ट बदली थीं। लेकिन वह जिस प्रकार की रिसेप्शनिस्ट चाहता था वह उसे मिली नहीं थी। तलाश जारी थी।

और आखिर वह दिन आ गया जब उसके दफ्तर में मिसेज़ रजनी आई। वह दिन बहुत अजीब था। वह तमाम मरीज़ों को देख चुका था और अब क्लिनिक बन्द करने वाला था कि फोन ने उसका ध्यान आकृष्ट किया।

"एक मरीज़ आई है।" रिसेप्शनिस्ट ने कहा।

"लेकिन जो लिस्ट तुमने दी, वे मरीज़ तो देखे जा चुके हैं।"

"सुरेश ने थके स्वर में उत्तर दिया।"

"जी हां।"

"क्या उसने एपाइंटमेंट ली है?"

"नहीं।"

"तुम जानती हो कि मैं अब एपाइंटमेंट के बिना मरीज़ नहीं देखता।"

"वह कहती है कि आप उसे देखेंगे।"

"क्यों?" सुरेश ने रोष-भरे स्वर में कहा।

"वह कहती है कि मैं एपाइंटमेंट लेने की आदी नहीं। लोग मुझसे एपाइंटमेंट लेते हैं।"

सुरेश भन्ना गया। ऐसा मरीज़ या मरीज़ा तो कभी न आई थी। उसने चाहा कि मिलने से इनकार कर दे। फिर न मालूम क्यों उसने इरादा बदल दिया और कहा, "अच्छा, भेज दो।"

दरवाज़ा खुला और मिसेज़ रजनी गुलाबी रंग की फूलदार

साड़ी और ब्लाउज़ में पर्स घुमाती अन्दर आई।

"नमस्ते।" उसने आज्ञा लिए बिना कुर्सी पर बैठते हुए कहा।"

"नमस्ते।"

"आप डाक्टर सुरेश कपूर हैं?"

"जी।"

"मैं रजनी हूं।"

"रजनी की आयु तीस वर्ष के लगभग थी। लेकिन वह कम आयु की दिखाई पड़ रही थी। भगवान ने उसे बनाते समय सौन्दर्य की तमाम आवश्यकताओं से काम लिया था। और सुरेश उसके सौन्दर्य और शरीर की गठन का निरीक्षण कर रहा था। उसके होंठ पतले थे, और मुंह का दहाना बहुत सुन्दर था। चेहरा गोल, आंखें बड़ी। बाल लम्बे, मेकअप करने का सलीका। और गर्दन तो बहुत ही सुन्दर थी। विशेषकर उसका वक्र। फिर सीना, उसी प्रकार उसके बाजू और हाथ। हाथ बहुत कम स्त्रियों के इतने सुन्दर होते हैं। यदि उंगलियां सुन्दर होंगी तो हथेली सुन्दर न होगी। यदि हथेली सुन्दर होगी तो उंगलियां इतनी सुन्दर न होंगी।"

"कहिए। आपको क्या कष्ट है?"

"कष्ट कोई खास नहीं, तनिक आंखों में दर्द रहता है।"

"ऐसी सुन्दर आंखें हैं!" सुरेश के मुंह से बेइख्तियार निकल गया।

"क्या मेरी आंखें सुन्दर हैं?"

"मैं एक डाक्टर के तौर पर कह रहा हूं।"

"मैं समझ रही हूं।" मिसेज़ रजनी मुस्कराई, "मैं भी एक डाक्टर से बात कर रही हूं, किसी शायर या उपन्यासकार से नहीं।"

"तो आप चाहती हैं कि मैं आपकी आंखों की जांच करूं?"

"क्या आप करना नहीं चाहते?"

"मैं एपाइंटमेंट के बिना मरीज़ नहीं देखता।"

"मुझे एपाइंटमेंट लेने की आदत नहीं।"

"यह तो रिसेप्शनिस्ट ने भी कहा था।"

"फिर आपको क्या आपत्ति है?"

"कोई नहीं। आइए मैं जांच करता हूं।" कहकर सुरेश उठा और साथ के कमरे में चला गया।"

कमरे में अंधकार छा गया। मिसेज़ रजनी सामने के स्टूल पर बैठ गई। फिर एक लाइट ऑन हुई और अंधेरे में सुरेश के सिर पर लगे एक छोटे-से आईने से टकराई और उसका अक्स रजनी की आंखों में पड़ने लगा।

"ज़रा इधर देखिए। मेरी उंगली की ओर।"

रजनी ने उंगली की ओर देखा।

"अब उधर देखिए।"

उसने उधर देखा।

सात-आठ मिनट तक वह उसकी आंखों की जांच करता रहा।

"हूं।" कहकर उसने कमरे में रोशनी फैला दी और सामने दीवार पर लगे आईने में अंग्रेज़ी अंक दिखाई देने लगे।

"इनको पढ़िए।"

रजनी पढ़ती गई।

यहां तक कि उसने अन्तिम लाइन भी ठीक-ठीक पढ़ डाली।

सुरेश ने रोशनी बन्द कर दी, और उठकर पहले कमरे की ओर बढ़ा, "आइए।"

कमरे में जाकर वह अपनी कुर्सी पर बैठ गया और सामने की कुर्सी पर रजनी बैठ गई।

लेवेण्डर की महक से उसका शरीर झूम रहा था।

"मिसेज़ रजनी, मैं इस नतीजे पर पहुंचा हूं कि आपको कोई शिकायत नहीं और न ही कोई बीमारी है।"

"मैंने तो सुना था कि आप मशहूर सर्जन हैं।"

"शायद।"

"और आप मेरी आंखों की तकलीफ न जान सके?"

"क्या आपको ऐनक लगाने का शौक है?"

"आप चाहते हैं कि मैं ऐसी सुन्दर आंखों पर ऐनक लगाऊं?"

"नहीं।"

"फिर आपने क्यों कहा?"

"इसलिए कि बीमारी कोई है नहीं। आंखें और नज़र बिलकुल ठीक हैं। बिलकुल नार्मल।" सुरेश ने कहा।

"मैं जानती हूं।"

"क्या मतलब?" सुरेश चौंककर बोला।

"यही कि मेरी आंखें नार्मल हैं, और इन्हें कोई बीमारी नहीं।"

"फिर आप किसलिए आई हैं? और मेरा समय क्यों नष्ट किया?"

"केवल यह सिद्ध करने के लिए कि मेरी आंखों को कोई बीमारी नहीं।"

"किसपर सिद्ध करना चाहती हैं आप? क्या आपका पति चाहता था कि आप आंखों की जांच कराएं?"

"जी नहीं।"

"यह भी नहीं और वह भी नहीं, फिर आप किस सिलसिले में आई हैं? और पच्चीस रुपये बरबाद क्यों किए?"

"आपकी जांच की फीस तो बीस है। यह पच्चीस कब से हो गई है?"

"आज से।"

"आज से या मुझसे?"

"कुछ भी समझ लीजिए।"।

"खैर, यह रहे पच्चीस रुपये।" कहकर उसने बैग खोला। नोटों के स्थान पर उसने निरोध का पैकेट निकालकर मेज़ पर रख दिया, 'डाक्टर खन्ना ने मेरा परीक्षण किया है और उनकी रिपोर्ट है कि मैं पूर्ण रूप से स्वस्थ हूं और मुझे कोई बीमारी नहीं।"

"तो आपको डाक्टर खन्ना ने भेजा है?"

"जी नहीं।"

"फिर?"

"उन्होंने बात की थी कि आप किसी अच्छी सेक्रेटरी की तलाश में हैं। और मैं बहुत ही अच्छी और सफल सेक्रेटरी हूं।"

"ओह!" सुरेश ने गहरा सांस लिया। अरसे से वह जिस प्रकार की स्त्री की तलाश में था, मिसेज़ रजनी बिलकुल वैसी थी। बल्कि इक्कीस थी। यह अवसर वह खोना न चाहता था। वह उसकी सुन्दरता से ही कायल न हुआ था बल्कि उसकी बातों से भी विभोर हो रहा था। विशेषकर उसके भीतर जो विश्वास था और जिस विश्वास से वह बात करती थी।

"मैं एम॰ ए॰ इंगलिश हूं। एक वर्ष फ्रांसीसी भाषा भी पढ़ी है। टाइप जानती हूं, लेकिन शार्टहैंड नहीं।"

"शार्टहैंड की आवश्यकता नहीं पड़ेगी। दिन में दो या तीन पत्र टाइप करने पड़ते हैं।"

"वह मैं कर सकती हूं। वेतन मैं छः सौ रुपये मासिक लूंगी। और छः मास बाद आप मेरे काम से खुश हो जाएंगे तो मैं जानती हूं आप वेतन स्वयं ही बढ़ा देंगे।"

सुरेश की समझ में न आ रहा था कि वह उसे नौकर रख रहा था या मिसेज़ रजनी उसे रख रही थी। कभी कर्मचारी ने भी अपने शर्तें पेश की हैं?

"छः सौ रुपये मासिक!"

"अधिक नहीं। मैं आपको विश्वास दिलाती हूं, आप अभी मेरी योग्यता से परिचित नहीं हुए।"

"ठीक है।"

"और बाहर मेज़ पर जो रिसेप्शनिस्ट की तस्ती पड़ी है उसे आप उठवा देंगे। उसकी जगह सेक्रेटरी की तख्ती लिखी जाएगी।"

"ठीक है।" सुरेश ने एक मासूम बच्चे की भांति कहा।

"मैं कल से ही काम पर आ सकती हैं या आप चाहें तो पहली तारीख से काम पर आ सकती हैं।"

"कल से ही आ जाइए।"

"तो जो लड़की बाहर बैठी है, उसे चैक देकर विदा कर दीजिए।"

"आपके सामने?"

"क्या फर्क पड़ता है?"

"मैं ज़रा तरीके से उसे निकाल दूंगा।"

"आमलेट खाने के लिए अंडे से प्यार नहीं करते। उसे तोड़ देते हैं।"

"आप ठीक कहती हैं।" कहकर सुरेश ने फोन उठाकर घंटी दबाई।

"मिस उमिल, ज़रा भीतर आना।"

दूसरे क्षण उर्मिल भीतर थी।

"मिस उर्मिल, खास परिस्थिति के कारण मैं तुम्हें छुट्टी दे रहा हूं। यद्यपि तुम्हारा काम ठीक था। मैं किसी साथी डाक्टर से

सिफारिश करूंगा कि वह तुम्हें नौकरी दे दे।"

उर्मिल पर तो बर्फ पड़ गई। "लेकिन सर, मेरी गलती क्या है?"

"गलती कोई नहीं। मैं अब एक डाक्टर को तुम्हारी जगह रखना चाहता हूं। मैं तुम्हें एक मास के नोटिस की जगह एक मास का वेतन दे रहा हूं। और साथ ही मित्रों से सिफारिश करूंगा।" कहकर उसने दराज से चैकबुक निकाली। "आज छब्बीस तारीख है, लेकिन मैं पूरे महीने की तनख्वाह दे रहा हूं, और एक मास का वेतन नोटिस के बदले।" कहकर उसने दो मास की तनख्वाह का चैक बना डाला।

उर्मिल मिसेज़ रजनी को घूर रही थी और साथ ही उसकी दृष्टि मेज़ पर चली गई, जहां निरोध का पैकेट पड़ा था। वह समझ गई कि इसकी जगह मिसेज़ रजनी को नौकर रखा जा रहा है।"

"यह लो चक।" सुरेश ने चक बढ़ाया।

"जी।" उर्मिल ने कांपते हाथों से चैक लिया।

"उमिल, दिल छोटा न करो। मैं तुम्हें शीघ्र ही किसी डाक्टर के यहां नौकर रखवा दूंगा।"

"जी, मेहरबानी।"

"अब तुम जा सकती हो।" मिसेज रजनी बोली।

"हूं।"

"और जाते-जाते अपने साथ बाहर जो मेज़ पर रिसेप्शनिस्ट की तख्ती पड़ी है, उसे भी ले जाओ।"

"वह मेरे किस काम आएगी?"

"उसे सड़क पर फेंक देना।"

उर्मिल कमरे से निकल गई।

"तो कल मैं सुबह कितने बजे आ जाऊं?"

"नौ बजे।"

"मैं ठीक नौ बजे उपस्थित हो जाऊंगी।" कहकर मिसेज़ रजनी खड़ी हो गई, "अब मैं चलती हूं। आपके घर जाने और लंच का समय हो गया है।"

"हां।"

"अच्छा नमस्ते।"

"नमस्ते।"

मिसेज़ रजनी दरवाज़े के निकट पहुंची तो सुरेश ने पुकारा, "मिसेज़ रजनी!"

रजनी ने रुककर देखा।

"आप अपना परिचय-कार्ड भूल रही हैं।" उसने निरोध के पैकेट की ओर संकेत किया।

"इसे अपने दराज़ में रख लीजिए। मेरे पास और हैं।" कहकर वह कमरे से निकल गई।

सुरेश का मस्तिष्क चकरा गया। यह सब कैसे हो गया था! मिसेज़ रजनी तो उसपर हुक्म चला रही थी। वह नौकरी करने आई थी या हुक्म चलाने? और पलक झपकते सब कुछ हो गया था। उसने उर्मिल को नौकरी से अलग कर दिया था और मिसेज़ रजनी को नौकर भी रख लिया था। छः सौ रुपये मासिक वेतन पर।

रिसेप्शनिस्ट नहीं, सेक्रेटरी।

तो कल से उसके क्लिनिक में सेक्रेटरी बैठा करेगी। छः सौ रुपये मासिक की सेक्रेटरी।

लेकिन सौदा बुरा न था। उसे जिस स्त्री की तलाश थी वह मिसेज़ रजनी ही थी, जो स्वयं ही उसके क्लिनिक में आ गई थी।

यदि मिसेज़ रजनी वही सिद्ध हुई जो उसने आज कर दिखाया था, तो उसके बाद उसे और किसी स्त्री की आवश्यकता न पड़ेगी। वह अपनी जगह खुश था।

वह अपनी कुर्सी से उठा और घर के लिए रवाना होने से पहले उसने निरोध के पैकेट को मुस्कराकर मेज़ के दराज़ में डाल दिया।

सात

मिसेज़ रजनी को काम करते हुए एक सप्ताह गुज़र गया था, और इस एक सप्ताह में सिवा काम के और कोई बात न हुई थी।

आठवें दिन जब अन्तिम मरीज़ चला गया तो सुरेश ने मिसेज़ रजनी को बुलाया।

"यस डाक्टर।"

"बैठ जाओ।"

रजनी बैठ गई।

"अब तो कोई और मरीज़ नहीं?"

"जी नहीं।"

"तुम्हें काम करते एक सप्ताह हो गया है।"

"जी। मेरा काम कैसा है?"

"ए-वन।"

"मैं जानती हूं।"

"क्या एक शाम आप मेरे साथ गुज़ार सकती हैं?"

"क्यों नहीं!"

"कब?"

"जब आप कहें।"

"क्या पति से अनुमति लेनी पड़ेगी?"

"जी नहीं। वह मेरे व्यक्तिगत मामले में दखल नहीं देता।"

"फिर आज की शाम कैसी रहेगी?"

"मुझे स्वीकार है।"

"ठीक है।"

"जगह का प्रबन्ध है?"

"हमारा एक कॉमन फ्लैट है जिसे हम कुछ डाक्टरों ने अवकाश का स्थान या क्लब बना रखा है; और प्रत्येक मेम्बर के पास उसकी चाबी है।"

"बहुत खूब!"

"तो मैं डाक्टर खुराना को फोन करूं?"

"किसलिए?"

"यही कि आज शाम हम वहां होंगे।"

"क्या डाक्टर खुराना भी आएगा?"

"आपका क्या विचार है?"

"क्या आप पसन्द करेंगे कि हमारी शाम में कोई बाधा डाले?"

"लेकिन यह एक फैसला-सा हो चुका है कि हम डाक्टरों में, यानी जो इस क्लब के मेम्बर हैं, कोई भी बात छुपी नहीं रहेगी।"

"और आप चाहते हैं कि मैं आपके मित्रों से भी मिलूं?"

मिसेज़ रजनी ने कुछ इस ढंग से कहा कि सुरेश विद्रोह पर तैयार हो गया। उसे आभास हुआ कि मिसेज़ रजनी उसकी निजी सम्पत्ति थी। सचमुच उसे रजनी को मित्रों से नहीं मिलवाना चाहिए।

"नहीं, आप ठीक कहती हैं। आप केवल मेरी हैं। आपने समझदारी की बात की है। स्त्री एक की ही रहे तो बेहतर है वरना वह बाज़ारी बन जाती है। खैर···आप ड्रिंक करती हैं?"

"आप चाहते हैं तो कर लूंगी।"

"और सिगरेट?"

"यदि आप चाहेंगे तो पी लूंगी।"

"क्या मीट खा लेती हैं?"

"आप खाते हैं?"

"हां।"

"आप खा लेते हैं तो मैं क्यों नहीं खा सकती?" मिसेज़ रजनी ने हंसकर कहा।

"बस तो फिर ठीक है। मैं डाक्टर खुराना से बात करता हूं।"

"किस सिलसिले में?"

"यही कि फ्लैट खाली है या नहीं।" कहकर वह फोन घुमाने लगा। "डाक्टर खुराना?"

"बोल रहा हूं।" आवाज़ आई।

"मैं सुरेश हैं।"

"मैंने आवाज़ पहचान ली है।"

"खुराना, एक काम था।"

"कहो।"

"आज शाम फ्लैट खाली है?"

"अब तक तो खाली है। क्यों?"

"मैं किसीको आमंत्रित कर रहा हूं।"

"और मुझे नहीं?"

"नहीं। यह केवल मुझ तक सीमित है।"

"ओह! तो तुमने इतनी तरक्की कर ली है? अब हमको मिलवामओगे भी नहीं?"

"नहीं।"

"खैर, तुम्हारी इच्छा। तुम्हें शाम मुबारक हो।"

"ज़रा शेष मित्रों से भी कह देना कि कोई प्राग्राम न बनाएं।"

"बेहतर, मैं कह दूंगा। लेकिन वे शायद बुरा माने। वे जानना चाहेंगे कि ऐसी कौन-सी चीज़ है जो उनसे छुपाई जा रही है।"

"खैर, तुम उन्हें संभाल सकते हो।"

"वह तो संभाल ही लूंगा। लेकिन···"

"लेकिन क्या? यह मामला ही कुछ और है।"

"इसका मतलब है तुम उसे रखैल बना रहे हो।"

"ऐसा ही समझ लो।"

"तो मुबारक हो।"

"धन्यवाद।"

"व्हिस्की पड़ी है और खाना तुम जानते हो किस रेस्टोरेंट से आता है। और किसी मदद की ज़रूरत?"

"बस, धन्यवाद।"

"तो ऐश करो। लेकिन मैं एक बार उसे देखना अवश्य चाहूंगा।"

"समय आने पर दिखा दूंग "

"केवल दिखाओगे ही या···"

"केवल दिखाऊंगा।"

"अच्छा डियर, मैं कबाब में हड्डी नहीं बनूंगा।" खुराना ने हंसकर कहा।

"मैं जानता हूं।"

"गुड लक।"

"धन्यवाद।" और फोन बन्द हो गया।

"अब धन्यवाद मुझे करना चाहिए।" मिसेज़ रजनी ने कहा।

"वह क्यों?"

"आपके दिमाग का। मैं पब्लिक बाथरूम नहीं बनना चाहती।"

"मैं जानता हूं।"

"और आप निराश न होंगे।"

"मैं यह भी जानता हूं। अब मैं फ्लैट का पता समझा देता हूं। चाहो तो कागज़ पर लिख लो।"

"स्वयं ही लिख दीजिए।"

"लेकिन तुम सेक्रेटरी हो।"

"अब नहीं। अब आपके मित्र ने कहा है कि मैं रखैल हूं। यही कहा था ना उसने?"

"हां।"

"तो मुझे रखैल रहने दो।"

"शाम सात बजे।"

"मैं समय की बहुत पक्की हूं। आप मुझे वहां प्रतीक्षा करते पाएंगे।"

"लेकिन सड़क पर घूमना नहीं।"

"आप घबराइए नहीं। मैं सब कुछ जानती हूं। और वायदा करती हूं कि आपको बदनाम न होने दूंगी।"

"मैं यही आशा करता हूं।"

"मैं एक अच्छे परिवार की लड़की हूं। पढ़ी-लिखी हूं। अच्छे आदाब जानती हूं और सदा ऊंची महफिलों में बैठी हूं। छिछोरा-पन मेरे निकट नहीं फटकता। इस दशा में आप विश्वास रखें कि आपकी आन पर आंच नहीं आने दूंगी।"

"मैं स्वयं को भाग्यशाली समझता हूं।"

"डाक्टर कपूर, मैं आपको कभी निराश न करूंगी। आपको कभी शिकायत का अवसर न दूंगी।"

"हूं।"

"तो आज शाम ठीक सात बजे आप मुझे प्रतीक्षा करते पाएंगे। अब आज्ञा है?"

"बेहतर।"

"मैं विश्वास तो नहीं दिला सकती और न ही कोई शेखी वधार सकती हूं, लेकिन आज आपके जीवन की महत्त्वपूर्ण शाम होगी और आप जीवन में पहली बार देखेंगे कि औरत क्या होती है।"

"मैं यही आशा करता हूं।"

"मैं एक पूर्ण औरत हूं और केवल एक की बनकर रहना चाहती हूं। इसीलिए मैंने आपको मना कर दिया है कि आप अपने मित्रों से क्षमा मांग लें। मैं कॉल गर्ल नहीं। एक घरेलू स्त्री हूं। लेकिन प्यार करना जानती हूं, और बदले में प्यार चाहती हूं।"

"प्यार तो मेरे जीवन में कोई महत्त्व नहीं रखता। यह शब्द

तो शायरी या उपन्यासों में पढ़ा जाता है। मैं तो एक डाक्टर हूं। जिसने दुनिया की सबसे कुरूप स्त्री से विवाह किया, और कभी सोचा भी नहीं कि कोई गलती की है।"

"लेकिन कमी तो अवश्य अनुभव की होगी।"

"किसकी?"

"प्यार और सुन्दरता की।"

"हां, अब अनुभव करता हूं।"

"और यह सही आयु है। जवानी में तो मर्द केवल रंग और चेहरा देखता है और समझता है कि उसे प्यार हो गया है। लेकिन वह प्यार नहीं, बच्चों का खेल होता है। मैं आपको सिखाऊंगी कि प्यार किसे कहते हैं। प्यार के बिना तो जीवन में कुछ नहीं। प्यार के बिना जीवन सुनसान और वीरान होता है। जब तक किसीकी प्रतीक्षा न हो, किसीकी बातें शहद का रूप धारण न कर लें, किसी का स्पर्श तड़पा न दे। और यह सब कुछ मैं कर सकती हूं। मुझे स्वयं पर विश्वास है और मैं जानती हूं कि आप आयु-पर्यन्त इससे वंचित रहे हैं। आपको सुन्दर शरीर तो अवश्य मिले होंगे लेकिन प्यार नहीं...।" रजनी ने पूरे विश्वास से कहा।

"तो चलो अब यह कमी तुम पूरी कर रही हो।"

"निश्चय ही करूंगी।"

"मुझे तो केवल अपने काम से प्यार है।"

"और दौलत से?"

"वह अपने-आप चली आती है। मैंने कभी सोचा भी नहीं। दौलत के मामले में मैं भाग्यशाली रहा हूं। इसका एक कारण तो यह है कि मेरी शादी एक लखपति घराने में हुई थी। और मेरी पत्नी उन दिनों पचहत्तर हज़ार रुपये का दहेज लाई थी जो आज तीन लाख के बराबर है। फिर मेरे खर्चे इतने संक्षिप्त होते थे कि मुझे दौलत की कमी अनुभव नहीं हुई।"

"खर्चा करते भी कहां? सबसे अधिक खर्च इंसान पत्नी पर करता है या किसी औरत पर। इसके बाद मकान पर। फिर सन्तान पर। लेकिन आपकी पत्नी सुन्दर नहीं है। इसलिए आप उसके साथ कहीं गए ही नहीं। कोई मनोरंजन नहीं। उसे जो महीने को दे दिया उसने स्वीकार कर लिया। जायदाद अभी आपने बनाई ही नहीं। संतान भी आपकी छोटी है। फिर पैसा कहां

खर्चते?" रजनी ने प्रश्न किया।

"यह भी ठीक है। पैसा तो मैंने एक वर्ष से खर्चना शुरू किया है। और तुमने सच कहा है कि खर्च करता तो कहां करता!"

"अच्छा, अब मैं चलती हूं। लेकिन आप दिन में किसी आपरेशन की एपाइंटमेंट न लें।"

"नहीं।"

"ओ॰ के॰ डाक्टर सुरेश, शाम को मिलेंगे।"

"यस डार्लिंग।" सुरेश के मुंह से बेइख्तियार निकल गया।

क्लिनिक बन्द करके सुरेश घर चला गया। उसने खाना खाया और फिर अपने बेडरूम में जाकर लेट गया और ऊंघ गया।

शाम चार बजे उसने चाय के लिए कहा, और स्वयं सिगरेट सुलगाकर शाम के प्रति सोचने लगा।

उसकी पत्नी सीता चाय लाई और बोली, "कोई आपसे मिलने आया हैं।"

"कौन है?

"शायद कोई गर्ज़मन्द।"

"मेरा दिन मेरा नहीं, मेरी रात मेरी नहीं।"

"लेकिन आप डाक्टर हैं, और आपके पास दुखी लोग आते है।"

"खैर, मैं यह एक कप चाय पी लूं।"

"अवश्य। मैंने उनसे कह दिया है कि थोड़ी प्रतीक्षा करें। वह ड्राइंगरूम में बैठे हैं।"

"अच्छा किया।" कहकर सुरेश चाय के घूंट कंठ से नीचे उतारने लगा, और सोचने लगा कि कोई एक्सीडेंट का केस न हो। वरना लोग जानते हैं कि मैं एपाइंटमेंट के बिना मिलता नहीं, और मेरा घर मेरा क्लिनिक नहीं। उसने चाय खत्म की। ड्रेसिंग गाउन पहना और ड्राइंगरूम में चला गया।

ड्राइंगरूम में एक प्रोढ़ और एक अधेड़ आयु के व्यक्ति बैठे थे। दोनों उसे देखकर सम्मानपूर्वक खड़े हो गए और हाथ जोड़. कर नमस्ते करी।

"सर्जन कपूर आप ही हैं?" बुज़ुर्ग ने कहा।

"जी हां। तशरीफ रखिए।"

"डाक्टर साहब, मेरा जवान बेटा, जिसकी आयु बाईस वर्ष

की होगी, वह मोटर साइकल पर जा रहा था कि उसकी बस से टक्कर हो गई। उसके माथे और सिर पर गहरी चोटें और घाव आए हैं। लोग उसे उठाकर सरकारी अस्पताल ले गए। वहां से हमें खबर मिली। हम वहां पहुंचे तो पता चला कि उसके दिमाग का आपरेशन होगा। आपरेशन के लिए हमने अस्पताल के डाक्टरों से राय मांगी तो उन्होंने आपका नाम लिया।"

"कौन-से अस्पताल में है?"

प्रौढ़ व्यक्ति ने नाम बता दिया और फिर कहा, "डाक्टर साहब, यह मेरे जवान बेटे के जीवन और मृत्यु का प्रश्न है।"

"लेकिन इस अस्पताल में तो सर्जन पाठक हैं। और वह साधारण सर्जन नहीं।"

"लेकिन हम आपकी सहायता चाहते हैं। और हम उसे अस्पताल से निकालकर नर्सिंग होम में ले जाना चाहते हैं। मुझे अस्पतालों पर विश्वास नहीं। वैसे मैं एक गरीब आदमी हूं, शायद आपकी फीस न चुका सकूं। लेकिन यह कोरा चैक है, आप इसमें जो रकम चाहें भर लें। दो हज़ार, पांच हज़ार, दस हज़ार। इससे भी अधिक। चैक मेरा और कलम आपका। आपसे केवल यही विनती है कि आप फौरन हमारे साथ चलें। बाहर मेरी कार खड़ी है।" बूढ़े ने हाथ जोड़ते हुए कहा।

आपरेशन!

यानी चार घंटे।

और इस समय चार बजकर पच्चीस मिनट हो गए थे। यानी वह रात लौ, साढ़े-नौ बजे से पहले निवृत्त न होगा, और रजनी उसकी प्रतीक्षा करती रहेगी। वह उसे सूचित भी न कर सकता था। उसके घर फोन भी न था, जो रजनी से कहला देता कि आज वह न आ सकेगा। फिर आ क्यों न सकेगा! रजनी ने कहा था कि वह उसे प्यार करना सिखा देगी। प्यार···पराई औरत का आनंद! सुन्दर शरीर! शराब···औरत···सुन्दरता और वासना! और कहां आपरेशन का थका देने वाला काम!

कोरा चैक! दो हज़ार—पांच हज़ार—दस हज़ार! इससे भी अधिक!

एक ओर उसके जीवन का आरंभ हो रहा था जिस जीवन में उसे प्यार के अर्थ सीखने थे। दूसरी ओर उसका धन्धा था। और

नवयुवक के जीवन और मृत्यु का प्रश्न था। दिमाग फट गया था। उसका आपरेशन आवश्यक था। इसका मतलब था कि केस बहुत गंभीर था। फिर कौन जानता था कि वह बच भी सकेगा या नहीं।

आपरेशन करना तो उसका जीवन रहा था। उसने अब तक सात हज़ार से अधिक आपरेशन किए थे। छोटे-बड़े। और कई आपरेशन तो ऐसे किए थे जिन्होंने उसकी ख्याति को शिखर पर पहुंचा दिया था।

"डाक्टर साहब, क्या सोच रहे हैं आप? एक-एक क्षण बहुत कीमती है।"

"मैं आपके बारे में ही सोच रहा था। आपने घायल की जो दशा बताई है, उससे स्पष्ट है कि उसके आपरेशन पर चार-पांच घंटे लगेंगे।"

"जी।"

"और मुझे छः बजे एक बहुत ज़रूरी आपरेशन करना है।"

"आप उसे कल पर स्थगित कर सकते हैं। यह तो एक्सीडेंट का केस है। एक नवयुवक के जीवन और मृत्यु का प्रश्न है।"

"मैं समझता हूं।" कहकर वह उठा और उसने फोन उठाकर उस अस्पताल का नम्बर मिलाया जहां रोगी पड़ा था।

"मुझे एमरजेन्सी वार्ड दो। मैं सर्जन कपूर बोल रहा हूं।"

एमरजेंसी वार्ड मिल गया।

"कौन बोल रहा है?"

"मैं डाक्टर बवेजा बोल रहा हूं।"

"आपके पास एक नौजवान लड़का आया है, जिसके दिमाग का आपरेशन होना है!"

"जी हां।" बवेजा ने कहा।

"उसकी क्या हालत है?"

"बहुत गंभीर। मेरा विचार नहीं बल्कि स्पेशलिस्ट की राय है कि उसका बचना बहुत कठिन है।"

"ओह!"

"क्या आप यह केस लेना चाहते हैं?"

"मैंने अभी फैसला नहीं किया।" कहकर उसने फोन बन्द कर दिया।

उसे मरीज़ की दशा का ज्ञान हो गया था। एक सर्जन के नाते

वह आत्मा का अंतिम कांटा निकालना चाहता था और उसने निकाल दिया।

वह सोफे पर बैठ गया।

"क्या प्रतीक्षा है?" प्रौढ़ सज्जन बोले।

"मैं आपसे विनय कर चुका हूं कि मैं छ: बजे एक आपरेशन कर रहा हूं, जो चार दिन पहले नियुक्त हो चुका है।"

"डाक्टर साहब, जहां चार दिन गुज़र गए, वह मरीज़ पांच घंटे और प्रतीक्षा कर सकता है। मैं आपको कोरा चैक दे रहा हूं।"

अब डाक्टर सुरेश कपूर ने बहुत ही नम्रता से उन्हें टालना चाहा, और यह आपरेशन भी न करना चाहता था, "बात यह है कि मैंने रोगी की दशा का पता लगा लिया है। आप राज नर्सिंग होम में रोगी को ले जाएं और सर्जन आहूजा को बुलवा लें। बल्कि मैं उसे फोन कर देता हूं।"

"लेकिन डाक्टर साहब, हमें आपकी आवश्यकता है।"

"सर्जन आहूजा भी मामूली सर्जन नहीं।"

"मैं आपको कोरा चैक दे रहा हूं।"

"आप बुज़ुर्ग हैं। मैं आपकी मानसिक स्थिति का अनुमान लगा सकता हूं। जहां तक पैसे का प्रश्न है, पैसा मेरा इष्ट नहीं। मैं लालची नहीं। यदि मेरा दूसरा आपरेशन नियुक्त न होता तो निश्चय ही मैं यह आपरेशन मुफ्त कर देता। मैं पैसे को कभी नहीं पूजता। लेकिन मैं विवश हूं। इधर मेरा जाना बहुत ज़रूरी है। वह आपरेशन भी इतना ही आवश्यक है। फिर उसके सारे इन्तजाम हो चुके हैं। यदि वह आपरेशन न करना होता तो मैं आपके साथ अभी चल देता, और बिना फीस के आपरेशन कर देता।"

"डाक्टर साहब, मैं हाथ जोड़ता हूं। यदि पैसा नहीं तो अपनी आयु और एक पिता की मुहब्बत का वास्ता देता हूं।"

"आप मुझे लज्जित न करें। मैं विनय कर चुका हूं कि मैं एक रोगी को छोड़कर दूसरा केस हाथ में कैसे ले सकता हूं! फिर सर्जन आहूजा बच्चा नहीं। वह भी मेरी तरह योग्य है। और आपको निराशा न होगी। यदि मैं उसकी सिफारिश कर रहा हूं तो इसकी वजह है। मैंने अस्पताल से रोगी की दशा जान ली है, और सर्जन आहूजा को मैं फोन कर देता हूं।"

"लेकिन आप नहीं जा सकते?"

"यह ज़रा बुरी बात होगी। इस मरीज़ ने चार दिन पहले तय किया था। यदि मैंने इसका आपरेशन न किया तो इसका दिल टूट जाएगा।" डाक्टर कपूर ने चालाकी से कहा।

"तो मैं निराश हो जाऊं?"

"कदापि नहीं। आप एक विश्वास लेकर मेरे पास आए हैं; और मैं इस विश्वास को स्थिर रख रहा हूं। मैं सर्जन आहूजा की सिफारिश कर रहा हूं। और जो ज़रूरी हिदायत देनी होगी, उसे दे दूंगा। इसके अतिरिक्त एक वायदा करता हूं।"

"क्या?" बुज़ुर्ग के चेहरे पर चमक पैदा हुई।

"अपने आपरेशन से निवृत्त होते ही मैं आपके बेटे के पास हूंगा।"

"ओह! वह तो आपकी मेहरबानी है। लेकिन मैं चाहता था कि आप यह आपरेशन करते।"

"आप बिलकुल चिंता न करें। मैं आपरेशन से निवृत्त होते ही राज नर्सिंग होम में पहुंच जाऊंगा।"

बूढ़ा निराश हो गया, लेकिन परिस्थिति और डाक्टर सुरेश कपूर की बातों ने उसे कायल कर डाला था।

"जैसा आप उचित समझें।" कहकर उसने चैक उठा लिया।

"भगवान और सर्जन आहूजा पर विश्वास रखें। सब ठीक हो जाएगा।" सुरेश ने धीरज देते हुए कहा।

"अच्छा। आपको कष्ट दिया, क्षमा कीजिएगा।"

"बिलकुल कष्ट नहीं दिया। यह तो मेरा कर्तव्य है। यदि दूसरा आपरेशन न होता तो मैं आपके साथ चलता। यह तो मेरा गौभाग्य है कि आपको मुझपर इतना विश्वास है।"

बुज़ुर्ग और साथ का पुरुष निश्चिन्त होकर चले गए। लेकिन जीवन में पहली बार सुरेश के कंठ में कुछ फंस गया, और उसके मस्तिष्क ने कहा कि एक औरत की खातिर आज तुमने अपने धंधे से बेईमानी की है।

आपरेशन तो उसे सारी उम्र करना था। लेकिन रजनी ने वायदा किया था कि आज वह उसे प्यार का मतलब समझाएगी। प्यार ज़रूरी था, जो उसे आज तक न मिला था।

लेकिन क्या इसे प्यार कहते हैं कि अपने कर्तव्य और धंधे को धोखा दो?

वे लोग चले गए तो सीता भीतर आ गई।

"क्या बात हुई ?"

"एक आपरेशन करना था।"

"और आपने इनकार कर दिया। वे कोरा चैक दे रहे थे। दस हज़ार।"

"मैं एक डाक्टर हूं। मैंने जिस व्यक्ति से पांच दिन पहले ते किया है उसे कैसे विस्मृत कर दूं! मेरे लिए अमीर और गरीब सब बराबर हैं।"

"लेकिन यह जवान बेटा था।"

"अब तुम मुझे यह बताना चाहती हो कि जवान का आपरेशन ज़रूरी है या अधेड़ उम्र के मर्द का। हर आपरेशन अपनी जगह ज़रूरी है। यदि ज़रूरी न होता तो मैं इसे आज का समय क्यों देता ?"

"आप आपरेशन कहां करते हैं ?"

"राज नर्सिंग होम में।"

और इसे भी आपने राज नर्सिंग होम में जाने को कहा था ?"

सुरेश को अपनी त्रुटि का आभास हुआ।

"आप इसी नर्सिंग होम में होंगे ?"

"नहीं, आज मैं म्युनिसिपल अस्पताल में आपरेशन कर रहा हूं। एक गरीब आदमी का।"

"और आपने दस हज़ार रुपये ठुकरा दिए ?"

"सीता! रुपया अपनी जगह है और कर्तव्य अपनी जगह। यदि मैं रुपये का पुजारी बन जाऊं तो सफल सर्जन न रहूंगा। लोग मुझे लालची कहेंगे। डाक्टर मथुरादास ने अपने जीवन में तीन लाख आपरेशन किए और इनमें से आधे यानी डेढ़ लाख गरीबों के किए थे जिनसे कुछ नहीं मिला।"

इस दलील के बाद सीता निरुत्तर हो गई।

आठ

रजनी ने जैसा कहा था सुरेश ने उसे वैसा ही पाया। वह कोठी के बाहर थोड़ा हटकर प्रतीक्षा कर रही थी।

सुरेश ने कार में बैठे हुए उसे हाथ का इशारा किया। लेकिन रजनी ने हाथ हिलाकर उत्तर न दिया। केवल मुस्करा दी। सुरेश ने कार पार्क की और कोठी में प्रविष्ट हो गया।

फ्लैट दूसरी मंज़िल पर था। इसलिए सुरेश जीने के पास रजनी की प्रतीक्षा करने लगा और दो मिनट बाद रजनी आ गई।

"कब से प्रतीक्षा कर रही थीं?"

"मुश्किल से दस मिनट हुए होंगे।"

"बाहर ही खड़ी थीं?"

"नहीं। पहले एक बार आई। कोठी देखी, और समझ गई कि कौन-सा फ्लैट है। इसके बाद आगे निकल गई। काफी आगे। वहां एक पान की दुकान मिल गई। मैंने तम्बाकू का एक पान खरीदा। इस तरह समय गुज़र गया। अब मैं चहलकदमी करती आ रही थी कि मैंने आपकी कार देखी।"

"ओह!" कहकर सुरेश जीना चढ़ने लगा। ऊपर पहुंचकर उसने फ्लॅट खोला और वे भीतर चले गए।

"बड़ा सुन्दर फ्लेट है!"

"पसन्द आया?"

"हां। कौन रहता है यहां?"

"कोई भी नहीं।"

"क्या मतलब?"

"यह हम कुछ डाक्टरों की आरामगाह है।"

"आरामगाह या ऐशगाह?"

"कुछ समझ लो।"

"क्या यह जगह सुरक्षित है? मेरा मतलब है, यह फ्लैट कब से आप लोगों के कब्ज़े में है?"

"डेढ़ वर्ष से तो मैं आ रहा हूं। इससे पहले कब से कब्ज़े में है कह नहीं सकता। जहां तक सवाल है कि सुरक्षित है या नहीं, यह सारा इलाका सुरक्षित है। यहां ऊंचे स्तर पर अय्याशी होती है। पुलिस जानती है कि किस घर में क्या होता है; लेकिन लोग इतने पहुंच वाले हैं कि मामूली सब-इंस्पेक्टर की जुर्रत नहीं कि छापा मार सके। शायद डी० एस० पी० भी न मार सके। इस इलाके में जो लोग रहते हैं और जिन घरों में धंधा होता है, वहां

डिप्टी सेक्रेटरी सेक्रेटरी, और इसी प्रकार के लोग आते हैं। फिर सोचो, एक गरीब डी॰ एस॰ पी॰ क्या कर सकता है!"

"क्या ये लोग पुलिस से मिलकर धंधा करते हैं?"

"बिलकुल नहीं। कहा न कि इनके कस्टमर बहुत बड़े और पहुंचे हुए लोग हैं। और फ्लैट इतने सजे हुए हैं कि एक इंस्पेक्टर दाखिल हो तो सजावट देखकर चकरा जाए। खैर, छोड़ो इन बातों को।"

"मैं बैठ जाऊं?"

"नहीं। सामने वार्ड रोब में व्हिस्की पड़ी है। उसीमें आकरी भी है। कोई-सी बोतल निकालो और मुझे एक पैग दो। मुझे इसकी सख्त ज़रूरत है।"

"और मेरी?"

"वह बाद में।"

"क्या मैं शराब से कम हूं?"

"बिलकुल नहीं। तुम्हारा नशा अलग है और व्हिस्की का अलग।"

रजनी बढ़ी और उसने वार्ड रोब खोला। "हे भगवान! यह तो पूरा बार-रूम बना रखा है। हर प्रकार की शराब पड़ी है, और वह भी इंगलिश।"

"हां।"

"सोडा कहां है?"

"सोडा नहीं, साईफिन है। सिगरेट भी निकालना।"

"एक खाने में केवल सिगरेट पड़े थे। विभिन्न ब्रांडों के कीमती सिगरेट।"

रजनी ने गिलास में व्हिस्की डाली। दूसरा गिलास निकालने लगी तो सुरेश चीख-सा पड़ा, "दूसरा गिलास फिर बना लेना। पहले मुझे एक पैग दे दो। मेरा कंठ सूख रहा है।"

"इतनी प्यास क्यों? आप तो तड़प रहे हैं।" कहकर वह गिलास तैयार करके सुरेश के पास पहुंची। सुरेश ने उसके हाथ से गिलास छीन लिया।

"इतनी बेताबी?"

"तुम अन्दाज़ नहीं लगा सकती।" कहकर सुरेश ने गिलास होंठों से लगाया और गटागट खाली कर दिया।

"डाक्टर! आपका हाथ कांप रहा है?"

"मेरा सारा शरीर कांप रहा है।"

"क्यों? कुशल तो है?"

"ठीक है। लो अब आराम से मेरे लिए और अपने लिए पैग बना लो। सिगरेट देना।"

"कौन-सा?"

सुरेश ने ब्रांड बता दिया।

रजनी वार्ड रोब की ओर बढ़ी। इस बार उसने दो गिलासों में व्हिस्की डाली और गुनगुनाने लगी :

"आज हम अपनी परेशानी खातिर उनसे,
कहने जाते हैं पर देखिए क्या कहते हैं।"

वह शे'र गुनगुनाती रही। गिलास तयार करती रही। और फिर उठाकर सोफे पर आ गई। गिलास उसने मेज़ पर रखे और स्वयं सुरेश के पहलू में बैठ गई।

"लीजिए। अब मेरे हाथ से पीजिए। एक-एक घुट। शराब इस तरह नहीं पी जाती जिस तरह आपने पी है।"

"लेकिन मुझे इस पैग की आवश्यकता थी।"

"क्या पत्नी से झगड़कर आए हो?"

"नहीं, पत्नी ऐसी नहीं जो झगड़ा करे। मैंने इसीलिए उससे विवाह किया था ताकि वह आयु-भर मेरी किसी भी बात पर आपत्ति न करे।" सुरेश ने घूंट लेकर कहा, और रजनी ने गिलास मेज़ पर रख दिया। फिर अपना गिलास उठाया।

सुरेश ने मुंह में सिगरेट दाबा तो रजनी ने माचिस जलाई। सुरेश ने कश खींचकर धुआं उसके चेहरे पर फेंक दिया।

"क्या नार्मल हो गए हो?"

"अभी नहीं, लेकिन कुछ मिनट में हो जाऊंगा।"

"ओह! आप मेरी गोद में सिर रख दें। मैं बालों को सहलाती हैं। मेरी सुन्दर उंगलियों में जादू है। आप डाक्टर हैं, लेकिन मैं भी अपनी जगह डाक्टर हूं।"

सुरेश ने ऐसा ही किया। उसने उसकी जांघों पर सिर रखा और पांवों को सोफे पर फैला दिया। रजनी उसके बालों में उंगलियां फेरने लगी।

"एक थके हुए पुरुष को स्त्री की मरमरी बांहें बहुत बड़ा

सहारा देती हैं।" रजनी ने कहा और धीरे से चुम्बन लिया।

"तुम्हारी उंगलियां जादू का असर दिखा रही हैं।"

"मैं अपने शरीर के एक-एक अंग के बारे में जानती हूं, और उनसे पूरा लाभ उठाना जानती हूं। बल्कि काम लेना जानती हूं।" रजनी ने कहा।

"हां, उंगलियों के स्पर्श से तो वही मालूम होता है।"

"हां। अब सुनाओ क्या परेशानी थी?···एक मिनट।"

"कहो?"

"मैं सैण्डल उतार दूं। नंगे पांव इस मखमली कालीन पर बड़ा मज़ा आएगा।" कहकर उसने सैण्डल उतारकर फेंक दिए। "हां, तो क्या परेशानी थी मेरे प्रेमी को?"

"प्रेमी!"

"हां।"

"लेकिन···"

"लेकिन यह कि मैंने पहले दिन ही फैसला कर लिया था कि मैं आपको प्रेमी बनाऊंगी, और आपसे प्रेम करूंगी। और सच जानिए, मेरी यह धारणा दिन-प्रतिदिन मज़बूत हो रही है।"

"तुम क्या गुनगुना रही थीं?"

"गालिब का शे'र।"

"क्या, डार्लिंग?"

"आज हम अपनी परेशानी खातिर उनसे,
"कहने जाते हैं पर देखिए क्या कहते हैं।"

"तुम्हारी आवाज़ में जादू है। मैं नहीं जानता था कि तुम्हारी आवाज़ इतनी सुरीली और मिठास से भरी है।"

"डाक्टर, आज हम एक नये वातावरण में मिल रहे हैं। आज मैं बताऊंगी कि मैं क्या हं। तुम प्रशंसा करते करते थक जाओगे।"

"मैं थक नहीं सकता।"

"जानते हो, मैं नाचती भी खूब हूं!"

"अच्छ!"

"हां।"

"तो नाचो।"

"अभी नहीं। तमाम भेद एक ही बार नहीं खुलते। प्याज़ का एक-एक छिलका उतारा जाता है। अभी केवल जादूभरी उंगलियों

का जादू देखो। और जब महफिल रंग पर आ जाएगी तो मैं नाचूंगी। अवश्य नाचूंगी। और तुम देखोगे कि मेरी एक-एक बोटी किस तरह थिरकती है।"

"और जीवन में यह पहला नाव होगा जो मैं देखूंगा।"

"मैं जानती हूं तुम उस देहाती की भांति हो जो फसल बेच-कर और पैसे जेब में डालकर शहर आता है। शहर के बारे में उसने बहुत कुछ सुना होता है। लेकिन उसकी उत्सुकता केवल उत्सुकता ही बनकर रह जाती है। क्योंकि दुनिया में केवल पैसा ही नहीं बल्कि साधन भी आवश्यक हैं। पैसा जेब में डालकर बाजार में गुज़र जाओ। अनाड़ी इंसान उन चीज़ों के पास से गुज़र जाएगा जो बिकाऊ हैं, लेकिन वह. इन्हें कभी नहीं पहचान सकता।"

"यह सच है। यदि मैं तुम्हें बाज़ार में देखता तो समझता कि तुम एक सावित्री हो।"

"वह तो मैं हूं।"

"बिलकुल। अब खाली गिलास भर लाओ।"

"इस चाल से पीओगे तो शाम तबाह हो जाएगी। शराब पानी की भांति नहीं पीते, बल्कि खाने की भांति चबाते हैं। धीरे-धीरे। और इसका असर भी धीरे-धीरे होता है। जो असर एक-दम छा छाता है, वह एकदम उतर जाता है।"

"मेरा विचार है मैं तुम्हें अपना गुरु मान लूं।"

"आज रात गुज़रने के बाद ऐसा ही होगा।"

सुरेश उठकर बैठ गया।

"क्या हाल है?"

"अब तो सिर बहुत हलका है। सचमुच तुमने जादू कर डाला है।"

"वह तो मैं करती ही हूं।"

"तुम्हारे भीतर एक आकर्षण है जो मानव को अपनी ओर खींचता है।"

"धन्यवाद। खैर, अब सुनाओ परेशान क्यों थे?"

"आज दोपहर बाद एक अजीब घटना हुई जिसने मेरे दिल पर बोझ डाल दिया। और वह बोझ मेरी जान तक ही सीमित रहना चाहिए। लेकिन मैं सोचता हूं कि यदि इसे किसीको सुना

दूं तो वह बोझ हलका हो जाएगा।"

"मुझसे बेहतर राज़ रखने वाला और कोई नहीं मिल सकता।"

"मुझे यही आशा थी कि तुम मुझे समझ सकती हो।"

"अच्छी तरह।"

"लगभग सवा चार बजे एक प्रौढ़ व्यक्ति और एक पुरुष आए।"

"कहां?"

"मेरे फ्लैट पर।"

"फिर क्या हुआ?"

"उसका बेटा, जवान बेटा शायद बाईस वर्ष का, सड़क दुर्घटना में बुरी तरह घायल हो गया था। उसके दिमाग का आपरेशन करना था।"

"हूं। रुको नहीं, मैं सुन रही हूं।"

"उन्होंने मेरे आगे कोरा चैक रख दिया। और बूढ़े ने हाथ जोड़कर कहा कि मैं वह आपरेशन करूं। दो हज़ार—पांच हज़ार—दस हज़ार—जितनी रकम चाहूं चैक में भर लूं।"

"फिर?"

"फिर मुझे ध्यान आया कि आपरेशन में चार साढ़े चार घंटे लग जाएंगे। और मैंने तुम्हें सात बजे का समय दे रखा है। तुम सड़क पर खड़ी मेरी प्रतीक्षा करोगी। इसलिए मैंने···"

"आपरेशन करने से इनकार कर दिया?"

"नहीं।"

"फिर?"

"मैंने टाल दिया। मैंने झूठ का सहारा लिया और कहा कि मैं सात बजे एक आपरेशन कर रहा हूं जिसके लिए चार दिन पहले समय और दिन नियुक्त हो चुका है.।"

"फिर?"

"फिर मैंने सर्जन आहूजा से सिफारिश की।"

"बिलकुल ठीक किया।"

"लेकिन न मालूम क्यों आज मुझे पहली बार आभास हुआ जैसे मैंने अपने धंधे की महानता को ठुकरा दिया है। मैंने स्वयं को धोखा दिया है।"

"धंधे की महानता को क्यों? दौलत क्यों नहीं? दस हज़ार

दस हज़ार होते हैं।"

"पैसा तो पानी की भांति आ रहा है। लेकिन मैं धंधे की महानता के लिए बेकरार था।"

"और तुमने दस हज़ार से मुझे उत्तम समझा। मेरी भावनाओं की कद्र की कि मैं सड़क पर खड़ी प्रतीक्षा करती रहूंगी!"

"हां...अच्छा रजनी!"

"जी।"

"यदि मैं आपरेशन करने चला जाता तो क्या तुम प्रतीक्षा करती?"

"अवश्य।"

"कब तक?"

"सुबह तक।"

"ओह भगवान! क्या प्यार इसे ही कहते हैं?"

"हां।"

"और मेरी आज तक किसी स्त्री ने प्रतीक्षा नहीं की। पत्नी को आदत नहीं और दूसरी औरतें और लड़कियां—वे केवल खरीदी जाती हैं।"

"मैं जानती हूं।"

"रजनी!"

"कहो।"

"क्या मैंने गलती की है?"

"वसे उसके बचने की संभावना कहां तक थी?"

"यह काम की बात की। सचमुच केवल तुम मुझे समझ सकती हो।"

"फिर?"

"मैंने उस अस्पताल में फोन किया जहां मरीज़ पड़ा था। डाक्टर ने रिपोर्ट दी कि उसके बचने के दस प्रतिशत चांस भी नहीं हैं। उसका दिमाग फट गया था, और नज़र आ रहा था कि यदि दिमाग का आपरेशन सफल हो जाता तब भी वह जीवित न बच सकता था।" सुरेश को अब व्हिस्की ने ताकत दे दी थी।

"फिर क्यों परेशान हो?"

"था। अब नहीं हूं।"

"डाक्टर, तुमने कोई गलती नहीं की। तुम दस हज़ार का चैक

कैश कर सकते थे। तुम्हारा बैंक बैलेंस बढ़ सकता था। लेकिन तुम्हारी ख्याति पर धब्बा आ सकता था। एक सफल सर्जन वह केस कभी हाथ में नहीं लेता जो निराशाजनक हो। ऐसे केस पैसे तो दे सकते हैं, लेकिन साथ ही ख्याति बिगाड़ सकते हैं।" रजनी ने कहा।

"रजनी डार्लिंग!" कहकर वह उससे दीवानों की भांति लिपट गया। "मुझे तुम्हारी सख्त ज़रूरत है। यह बात मेरी पत्नी कभी न कहती। उसे तो रंज होता कि मैंने दस हज़ार रुपये खो दिए।"

"लेकिन मैं तुम्हारी पत्नी की भांति अनपढ़ नहीं।"

"वह अनपढ़ नहीं। एम॰ ए॰ है।"

"होगी किसी मध्यप्रदेश युनिवर्सिटी की एम॰ ए॰।"

"बस, बस, आज के बाद मैं अपना धंधा, अपना जीवन तुम्हारे हाथ सौंपता हूं। तुम मेरे विचारों और कर्तव्यों को अच्छी तरह समझती हो। मुझे तुम्हारी सख्त आवश्यकता है।"

"और मैं हाज़िर। लेकिन तुम तो यूं कह रहे हो जैसे मैं तुम्हें छोड़कर जा रही हूं।"

"क्या ऐसा भी हो सकता है?"

"अब नहीं।"

"क्यों?"

"क्योंकि अब तुम प्यार को समझने लगे हो। तुम समझते थे कि मैं प्रतीक्षा से परेशान हूंगी। और तुमने मुझे इस परेशानी से बचा लिया। अब मुझे विश्वास है कि इस प्यार की कमी, जो तुम्हारे जीवन में दीमक बनकर रह गई है, मैं उसे पूरी कर दूंगी। मैं उस दीमक को खत्म कर दूंगी। मैं तुम्हें एक सफल सर्जन और प्यार करने वाला मर्द बना दूंगी। मैं तुम्हें कर्तव्य से वंचित न होने दूंगी। अनैतिक दौलत से दूर रखूंगी, और प्यार करना सिखाऊंगी।"

"कल से मेरा बैंक एकाउंट, मेरा मतलब है मेरी आय के तमाम रहस्य तुम्हारे हाथ में होंगे। तुम जानती हो, कोई भी डाक्टर इनकमटैक्स वालों को सही नहीं बताता।"

"और मैं इस राज को सीने में छुपा लूंगी—जहां मैंने तुम्हें और तुम्हारे प्यार को छुपा लिया है।"

"बस, बस, मुझे यही चाहिए।"

"अब इस परेशानी को भूल जाओ। मेरे बाज़ुओं में सिमट जाओ। ताकि मैं तुमपर अपना प्यार निछावर कर सकूं।"

सुरेश उसकी बांहों में सिमट गया। बांहों में ही नहीं वह उसके जीवन में सिमट गया।

नौ

चार वर्ष व्यतीत हो गए।

इन चार वर्षों में तीन बातें विशेष रूप से हुई। पहली यह कि सुरेश के जीवन की बागडोर अब रजनी के हाथ में थी। वह अब पूर्ण रूप से उसके जीवन, उसके धंधे और उसके दिल पर का चुकी थी।

दूसरी बात यह हुई कि दौलत अथाह आई।

तीसरी यह कि सुरेश को पत्नी से घृणा हो गई। रजनी के प्रेम ने उसे इस स्थान पर पहुंचा दिया था कि अब वह सीता से छुटकारा पाना चाहता था।

सुरेश की सारी आय का हिसाब-किताब अब रजनी रखती थी। वही बैंक में रुपया जमा कराती, चैक तैयारी करती, और सुरेश उनपर हस्ताक्षर कर देता। अब वह वेतन न लेती। वह जितनी रकम चाहे ले सकती थी। इधर सुरेश की मेहरबानियां बढ़ती गई। उसने उसे कई हज़ार की कीमत के गहने खरीदकर दिए। कई हज़ार की साड़ियां खरीदकर दीं। उसके लिए फ्लैट किराये पर लिया। और उसको फनिश करने के लिए कई हज़ार रुपये लगा दिए।

फ्लैट में तमाम सुविधाएं थीं। हर किस्म की सजावट का सामान था—एयर कंडीशनर, फ्रिज, रेडियोग्राम, टेलिविज़न, बेह-तरीन फर्नीचर, बेहतरीन काकरी, कटलरी, टेप रिकार्डर, बालों को सुखाने की मशीम, एक नौकर। और ये सारे खर्च सुरेश ने उठाए।

अब रजनी एपाइण्टमेण्ट देती थी। परामर्श की फीस अब पैंतीस रुपये थी। और आपरेशन तो एक जुल्म बनकर रह गया था। साधारण मरीज़ों का इलाज अब सुरेश न करता था। रजनी

केवल अमीर मरीज़ों के लिए आपरेशन तै करती थी। और तै करते समय वह कभी फीस ते न करती थी।

राज नर्सिंग होम में कमरा बुक हो जाता। आपरेशन का समय मरीज़ के साथ तै हो जाता। और फीस?

"फीस की आप चिता न करें।" रजनी अपने सौन्दर्य को आड़ बनाकर कहती, "आपसे अधिक न लेंगे।"

लेकिन वह हर आपरेशन के समय नर्सिंग होम में उपस्थित होती। मरीज़ आपरेशन थिएटर में टेबल पर होता और जिस समय नश्तर मरीज़ की आंखों में होता तो रजनी सुरेश को आदेश देती कि वह बाहर चला जाए।

वह मरीज़ की आर्थिक दशा से परिचित होती। आपरेशन थिएटर में मरीज़ पड़ा होता। नश्तर आंख में। वह इस समय कहती, "सुनिए! आपसे आपरेशन के तीन हज़ार रुपये होंगे।"

"तीन हज़ार!" मरीज़ का मुंह आश्चर्य से खुला रह जाता।

"अधिक नहीं।"

"अधिक तो नहीं। लेकिन आंखों के आपरेशन के···"

"आप सर्जन सुरेश कपूर से इलाज करा रहे हैं। सस्ते डाक्टर से इलाज कराने में आपकी जान जा सकती है। क्या आप ज़िन्दगी से हाथ धोना चाहते हैं?"

"नहीं, नहीं।" मरीज़ चिल्लाता।

"फिर तीन हज़ार अधिक नहीं। बाहर मापके साथ कौन है?"

"मेरा बेटा।"

"तो उससे कहिए कि चैक काट दे।"

"मरीज़ अपने बेटे, पत्नी या जिस किसी रिश्तेदार को साथ लाता, उसे कहने पर विवश हो जाता कि मुंहमांगी रकम दे दो।

मुंहमांगी रकम मिल जाती।

इस तरह दौलत की वर्षा होने लगी, लेकिन इसके साथ ही रजनीजानती थी कि वी॰ आई॰ पी॰ या उनके रिश्तेदारों से ऐसा सौदा नहीं करना। वह उनसे दो-तीन सौ रुपये मांगती।

इस तरह वह व्यापारी वर्ग के अमीर लोगों से रुपया बटोरती रहती, और वी॰ आई॰ पी॰ की सेवाएं करती रहती। उसकी ख्याति को चार चांद लगते रहे। उधर रुपये की वर्षा होती रही।

उसने सुरेश को पत्नी से इतना विमुख कर दिया था कि अब वह अधिकांश रातें रजनी के फ्लैट में गुज़ारता।

लेकिन ये बातें छुपी न रह सकी। यद्यपि अब सुरेश को खुराना या किसीके क्लब की आवश्यकता न थी, लेकिन वे अक्सर एक-दूसरे से मिलते थे। एक दिन एक महफिल में दो पेग व्हिस्की के बाद विवाद का विषय सुरेश बन गया।

"सुरेश, हम क्या सुन रहे हैं?"

"क्या?" सुरेश ने भोला बनकर पूछा।

"यही कि रजनी अब तुम्हारी सेक्रेटरी नहीं, तुम्हारे जीवन की बागडोर अपने हाथ में ले चुकी है?" लखनपाल ने कहा।

"तो इसमें क्या बुराई है?" सुरेश बोला।

"बुराई तो नहीं, लेकिन इस उम्र में तुम्हें यह क्या सूझी?" खुराना ने कहा।

"क्यों? मैंने क्या किया?"

"किया तो कुछ नहीं, लेकिन एक दिन तूफान खड़ा हो सकता है।" खुराना ने समझाने के ढंग में कहा, "हम सब तुम्हारे दोस्त हैं। यह ठीक है कि तुम्हें अब क्लब की आवश्यकता नहीं। तुमने रजनी को रखैल का दर्जा दे रखा है।"

"रखेल!" मेहता चिल्लाया। "तुम उसे रखैल कहते हो? वह तो सब कुछ है। सब कुछ। उसे तो वह अधिकार प्राप्त हैं जो एक पत्नी को भी प्राप्त नहीं।"

"तुम लोग जलते हो।" सुरेश बोला।"

"ओह! ये तेवर हैं! तो बात यहां तक पहुंच गई है कि अब उसके विरुद्ध तुम सुनना भी पसन्द नहीं करते! आज तुम मित्रों कोठुकरा रहे हो और उस औरत के पक्ष में बोल रहे हो!"

"यह मेरा व्यक्तिगत मामला है।" सुरेश बोला।

"बिलकुल ठीक। लेकिन मित्र को गलत रास्ते पर चलते हुए देखकर मित्रों का कर्तव्य है कि उसे रोशनी दिखाएं।" खन्ना ने कहा।

"मैं अन्धा नहीं।"

"बिलकुल ठीक। लेकिन मुझे शक है कि तुम्हें किसी आंखों के विशेषज्ञ को अपनी आंखें दिखानी चाहिए।" खुराना ने कहा।

"क्यों?" सुरेश सुर्ख हो गया।

"क्योंकि तुम्हें इसकी आवश्यकता है।" मेहता बोला।

"तुम सब लोग मेरे विरोधी हो। क्या कोई मोर्चा खड़ा कर रहे हो?" सुरेश को ताव आ गया था।

"बिलकुल नहीं। हम तुम्हारे हमदर्द हैं।" खन्ना बोला,"देखो सुरेश, हमने जो कुछ सुना है और सुन रहे हैं, वह मानवर्द्धक नहीं।"

"क्या सुना है आप लोगों ने?"

"यही कि तुमने रजनी को हज़ारों की कीमत के गहने दिए हैं, साड़ियां दी हैं और सजा हुआ फ्लैट दिया है।" खन्ना बोला।

"यही नहीं। अब तुम अधिकांश रातें वहां गुज़ारते हो।" लखनपाल बोला।

"क्या आप लोग यह सब कुछ नहीं करते?" सुरेश ने विरोध किया।

"करते हैं, लेकिन···" खुराना बोला।"

"खुराना, मुझे कहने दो," मेहता बोला, "लेकिन सुरेश डियर, समझदार आदमी मांस खाते हैं, विज्ञापन के लिए हड्डी गले में नहीं लटकाते।"

"क्या मतलब?"

"अब इस शहर में औरत कोई ऐसी वस्तु नहीं जो उपलब्ध न हो सकती हो। एक लड़की की फर्माइश करो तो एक दर्जन आती हैं। हमें यह शिकायत नहीं कि तुमने उसे इतनी दौलत क्यों दी। हमें पहली शिकायत यह है कि उसने तुम्हारे जीवन की बागडोर संभाल ली है। चलो यह भी सहन हो सकता है। लेकिन उसने तुम्हें यहां तक पहुंचा दिया है कि मरीज़ आपरेशन टेबल पर होता है और वह फीस ते करती है।" खुराना ने कहा।

"और लोग देते हैं।" सुरेश ने कहा।

"ठीक, अवश्य देते हैं। लेकिन फिर तुम्हारी बदनामी करते हैं। कहते हैं कि तुम डाक्टर नहीं, कसाई हो।"

"मैं क्यों कसाई बनने लगा! रजनी फीस ते करती है।"

"यह इससे भी बुरी बात है।" मेहता बोला।

"वह क्यों?"

"इसलिए कि लोग कहते हैं, तुमने रजनी को रुपया बटोरने के लिए साधन बना रखा है। तुम उसकी आड़ में धांधली मचा रहे हो।" लखनपाल ने कहा।

"मैं इस धांधली शब्द पर आपत्ति करता हूं।"

"और मैं यह शब्द वापस नहीं लेता। इसलिए कि तुम धंधे की महानता को विस्मृत कर रहे हो।"

"मैंने कल एक व्यक्ति की किडनी का आपरेशन किया है और उससे एक पैसा नहीं लिया।" सुरेश बोला।

"और ऐसे आपरेशन तुम एक वर्ष में दस भी नहीं करते और रजनी जिनसे तै करती है वह एक हज़ार करते हो।"

"आखिर तुम लोग कहना क्या चाहते हो?"

"जो मैंने कहा है," मेहता बोला, "मांस खाते हैं, हड्डी गले में नहीं डालते। रजनी को सेक्रेटरी रखो, केवल सेक्रेटरी। उसे अनैतिक अधिकार मत दो।"

"लेकिन मैं रजनी से प्रेम करता हूं।"

"और वह विवाहिता है।" खुराना बोला।

"मेरे एक इशारे पर वह पति को तलाक दे सकती है।" सुरेश नशे में सच कह गया।

"ओह! तो बात यहां तक पहुंच गई है! इस औरत ने तुमपर इतना जादू कर डाला है!" खन्ना बोला।

"कुछ कहो। मैं उसके साथ प्रेम करता हूं और वह मेरे साथ प्रेम करती है।"

"क्या अब वह पति के साथ रह रही है?"

"नहीं।"

"फिर तलाक की क्या आवश्यकता है?" खुराना बोला।

"एक बात कहूं?" मेहता बोला।

"कहो।" खन्ना ने कहा।

"सुरेश, क्या तुम भी पत्नी को तलाक देने की सोच रहे हो?"

सुरेश ने उत्तर न दिया। वह अब संभल गया था।

"ओह भगवान! तो बात यहां तक पहुंच गई है! रजनी अपने पति को तलाक देने को तैयार है और तुम अपनी पत्नी को!" खन्ना बोला।

"मैं एक बात पूछता हूं।" मेहता बोला।

"पूछो।" सुरेश ने कहा।

"विवाह के बाद इस औरत से क्या मिलेगा जो अब नहीं मिल रहा?" मेहता ने प्रश्न किया।

"प्यार!"

"तुम कहते हो प्यार तो अब भी मिल रहा है।"

"लेकिन मैं इंसान हूं। सीने में दिल रखता हूं। और मेरी पत्नी सुंदर नहीं है।" सुरेश ने कहा।

"इस असुंदरता का आभास कब हुआ?" खन्ना बोला

"जब से रजनी इसके जीवन में आई है।" मेहता ने प्रत्युत्तर दिया।

"लेकिन सीता और रजनी के बीच और औरतें भी थीं?" खुराना ने कहा।

"हां। मिसेज़ चावला जैसी, उर्मिला जैसी। जो बिकाऊ थीं। जो केवल मशीन थीं। जिन्हें केवल दौलत चाहिए थी। जो प्यार न करती थीं।"

"इसका अर्थ है कि तुम फैसला कर चुके हो?" लखनपाल बोला।

"किस बात का?"

"कि पत्नी को तलाक दे दोगे। उसकी असुंदरता अब तुम्हें परेशान कर रही है। लेकिन एक बात बताओ। रजनी और कितने वर्ष सुन्दर रहेगी? यदि मैं गलती पर नहीं तो वह चौंतीस-पंतीस वर्ष से अधिक की है। अब दो वर्ष या तीन वर्ष और सुन्दरता रहेगी।"

"मैं शेष जीवन उसके साथ व्यतीत करना चाहता हूं। मैंने अठारह-उन्नीस वर्ष असुंदर स्त्री के साथ गुज़ारे हैं।"

"वह तो विवाह के बिना भी गुज़ार सकते हो। हम यह आपत्ति नहीं करते कि रजनी के साथ तुम्हारे सम्बन्ध कैसे हैं। हमें आपत्ति यह है कि उसे केवल इतने अधिकार दो जो एक सेक्रेटरी को दिए जा सकते हैं।" खन्ना ने कहा।

"या एक रखैल को।" मेहता बोला।

"रखेल! रखैल! रखेल! तुम लोग उसके पीछे क्यों पड़े हो? वह रखैल नहीं। वह मेरी ज़िंदगी है। मेरी ज़िंदगी के शेष वर्ष है। मैं उसके साथ रहना चाहता हूं।"

"और तुम अपनी ख्याति को तबाह कर रहे हो।" लखन-पाल ने कहा।

"कदापि नहीं। मेरे मरीज़ मंत्री, एम० पी०, सेक्रेटरी और

लखपति हैं। और इनमें से कोई भी अपनी पत्नी के प्रति वफादार नहीं। और जो औरतें आती हैं, वे सिर्फ अपने पतियों की ही नहीं। फिर वे लोग मेरी ख्याति क्यों बिगाड़ने लगे?"

"तो तुम स्वयं को सुरक्षित समझ रहे हो?"

"बिलकूल।"

"और तुम्हारा यह अन्तिम फैसला है कि तुम पत्नी को तलाक दोगे?"

"इसके बारे में अभी मैंने कोई फैसला नहीं किया।"

"लेकिन जब करोगे यही फैसला होगा?" लखनपाल बोला।

"मैं नहीं जानता। तुम मेरे मित्र हो तो मुझे और बोर मत करो।"

"हम बोर नहीं कर रहे हैं। तुम्हें रोशनी दिखा रहे हैं।"

"यदि मैं कह दूं कि मुझे रोशनी की आवश्यकता नहीं?"

"तो मेरी बात याद रखना," मेहता बोला, "एक दिन यह औरत तुम्हारे सर्वनाश का कारण बनेगी। तुम एक गंभीर, सफल और मशहूर सर्जन की भांति बात नहीं कर रह हो, बल्कि एक असफल शायर की भांति बहक रहे हो।"

"मैं असफल शायर ही रहना चाहता हूं।" सुरेश ने फैसला सुना दिया।

"हम फिर भी हार स्वीकार न करेंगे।" खुराना ने कहा।

"तुम मेरी पत्नी को बता दोगे?"

"उस गरीब को बताने की आवश्यकता नहीं। वह सब कुछ जानती है। वह ही नहीं, अब दुनिया जानती है कि रजनी को तुमने अपना जीवन ही नहीं सौंप रखा, बल्कि उसे आवश्यकता से अधिक अधिकार दे रखे हैं।"

"याद रखो," मेहता बोला, "तलाक पति-पन्नी लेते हैं और प्रभाव संतान पर पड़ता है।"

"कुछ नहीं पड़ेगा।"

"और तुम इस डगर को बदलोगे नहीं?"

"क्यों बदल दूं?"

"क्योंकि तुम एक औरत की खातिर सब कुछ दांव पर लगा रहे हो।" लखनपाल ने कहा।

"मुझे व्हिस्की पीने दो।" सुरेश झल्लाकर बोला।

"इसकी कमी नहीं। लेकिन आज हम फैसला करके रहेंगे।" खुराना बोला।

"किस बात का?"

"तुम मांस खा सकते हो, हड्डी गले में नहीं डालोगे।" मेहता बोला।

"चुप रहो कसाई की औलाद!" सुरेश गरजा।

"तुम मेरी ज़ुबान बन्द कर सकते हो। मैं चुप हो जाऊंगा। लेकिन याद रखो, एक दिन दुनिया बोलेगी। तुम सुनोगे और तुम उन्हें चुप न करा सकोगे। शायद मुंह भी न दिखा सको।" मेहता बोला।

"वह समय आया तो मैं तुम्हारे पास मदद के लिए न आऊंगा।"

"मेरा विचार है इस किस्से को बन्द कर दो।" खुराना ने कहा, "यदि इसने हठ पकड़ी है तो इसे इसके हाल पर छोड़ दो। हम इसके लिए कुछ नहीं कर सकते। हम इसकी भलाई और बेहतरी चाहते हैं जो इसे पसन्द नहीं।"

"मैं अपनी भलाई और बेहतरी सोच सकता हूं।"

इसपर विवाद बन्द हो गया। लेकिन तनाव पैदा हो चुका था।

दास

अगले दिन सुरेश सुबह तैयार होकर क्लिनिक जाने लगा तो सीता आ गई।

"तुम जा रहे हो?"

"हां।"

"मुझे कुछ कहना था।"

"तो कह डालो।"

"मुझे पांच हज़ार रुपयों की आवश्यकता है।"

"पांच हज़ार? किसलिए?"

"कुछ गहने खरीदना चाहती हूं।" सीता ने कहा।

"ठीक है।"

"फिर आज तुम रुपये लेते आना।"

"तुम मिसेज़ रजनी से कह दो। उसे फोन कर दो।"

"मैं मिसेज़ रजनी से कहूं?"

"हां"

"मैं समझी नहीं।"

"तमाम हिसाब-किताब उसके हाथ में है।"

"ओह! लेकिन मैंने रुपया मांगा है।"

"मैं इसके लिए ही कह रहा था। और तुम्हारे विचार में मैंने क्या समझा?"

"मेरा विचार है तुम समझ रहे हो कि मेरा दिमाग खराब है, और मुझे दिमाग की जांच के लिए मिसेज़ रजनी से एपाइंटमेंट लेने को कह रहे हो।"

"क्या मतलब?"

"यदि मुझे रुपये के लिए मिसेज़ रजनी को कहना पड़ेगा तो आवश्यक है कि अगला कदम यही होगा कि यदि मुझे अपनी जांच करानी हो तो मिसेज़ रजनी से एपाइंटमेंट लेना पड़ेगा—ग्रेट सर्जन सुरेश कपूर से मिलने के लिए।"

"तुम मज़ाक के मूड में हो और मैं क्लिनिक जा रहा हूं।"

"मैं मज़ाक नहीं कर रही हूं। मैं किसी मिसेज़ रजनी को नहीं जानती। वह तुम्हारी सेक्रेटरी है या एपाइंटमेंट देती है, मुझे उससे सरोकार नहीं। मैंने पांच हज़ार रुपया मांगा है।"

"और मैंने कहा है कि मिसेज़ रजनी को फोन कर दो।"

"यानी पत्नी पति से नहीं उसकी सेक्रेटरी से फोन करके रुपया मांगे और तुम इसे पसन्द करते हो?"

"इसमें क्या बुराई है! यह बड़े-बड़े व्यापारी, जो लखपति और करोड़पति हैं, जब कोई रकम चुकाते हैं, तो चैक सेक्रेटरी या एकाउंटेंट तैयार करता है।"

"लेकिन पत्नी के लिए नहीं।"

"खैर, मैं बहस नहीं करना चाहता।"

"इसका मतलब है कि घर के खर्च के लिए मुझे हर मास मिसेज़ रजनी को कहना पड़ेगा। वह चैक तैयार करेगी, तुम हस्ताक्षर करोगे और मैं उसे लेने आऊंगी?"

"इसमें क्या बुराई है? यह एक स्टेंडर्ड की बात है।"

"मैं नहीं जानती थी कि तुम्हारा अब खास स्टैंडर्ड है।"

"देखो सीता, तुम झगड़े के मूड में हो और मैं काम पर जा रहा हूं।"

"रात को तुम्हें अवकाश नहीं होता। कई रातें तुम काम की वजह से घर से बाहर गुज़ारते हो और जिस दिन गलती से घर आ जाओ तो नशे की हालत में होते हो। उस समय तुम बात करने के मूड में नहीं होते। इस समय तुम क्लिनिक जा रहे हो। फिर मैं बात कब करूं?"

"मैं दोपहर को आता हूं।"

"ठीक। आकर लंच करके आराम करते हो।"

"खैर, यदि तुम्हें पैसे की आवश्यकता है, तो मिसेज़ रजनी को फोन कर दो।"

"लेकिन तुम उसे नहीं कहोगे? और चैक कैश कराके रुपया घर नहीं लाओगे?"

"मैंने एक तरीका बनाया है और उसपर अमल करता हूं।"

"तुम्हारा तरीका तुम्हें मुबारक हो। लेकिन डाक्टर सुरेश कपूर, तुम एक बात भूल रहे हो।"

"तुम याद दिला दो।"

"आज तुम्हारे पास दौलत है, और पत्नी को कह रहे हो कि वह तुम्हारी सेक्रेटरी से मिले। लेकिन तुम केवल यह भूल रहे हो कि जिस घर में मैंने जन्म लिया था, वहां दौलत पांव में लोटती थी। तुम नये अमीर बने हो, लेकिन मेरा खानदान दौलत से खेलता आया है।"

"इसका मतलब है तुम मुझे सदा गरीब देखना चाहती थीं?"

"मैंने यह नहीं कहा। मैंने कहा है कि दौलत मेरे लिए नई बात नहीं। और मैं किसी सेक्रेटरी से नहीं कहूंगी। मैं उस समय पचहत्तर हज़ार रुपये दहेज में लाई थी, जब पचहत्तर हज़ार पचहत्तर हज़ार होते थे। आज के तीन लाख भी उतनी कीमत नहीं रखते।"

"धन्यवाद। तुमने मुझे याद दिला दिया कि तुम एक अमीर बाप और अमीर खानदान की लड़की हो, लेकिन अमीर पति की पत्नी नहीं। और तुम यह क्यों भूल रही हो कि पचहत्तर हज़ार तो एक ओर, तुम्हारा खानदान और तुम्हारी दौलत डेढ़ लाख रुपये में भी एक क्लर्क न खरीद सकती थी। तुम जैसीऔरत को

इंग्लैंड का शिक्षा प्राप्त सर्जन मिला था।"

"अब तुमने मेरी असुन्दरता की चर्चा की है तो मैं भी तुम्हारी इंग्लैंड की शिक्षा की बात करना चाहती हूं। मुझे क्लर्क मिलता या मिल-मालिक, यह तो संजोग की बात है, लेकिन केवल एक सवाल का उत्तर दो कि तुमने यह जानते हुए भी कि मैं सुंदर नहीं हूं, मुझसे विवाह क्यों किया?"

"इस क्यों का मेरे पास उत्तर नहीं।"

"लेकिन मेरे पास है।"

"मैं जानना नहीं चाहता।"

"और मैं सुनाना चाहती हूं। यह सत्य था कि मैं सुंदर नहीं थी और तुम इंग्लैंड के शिक्षा प्राप्त थे; लेकिन इंग्लैंड के शिक्षा-प्राप्त के पास इतनी दौलत न थी कि वह अपनी सुन्दर बहन का विवाह एक क्लर्क से भी कर सकता। उस समय मेरी असुंदरता और मेरी सुन्दर दौलत काम आई। उस सुन्दर दौलत ने तुम्हारी सुन्दर बहन का विवाह एक अच्छे लड़के से करा दिया। यदि मेरी दौलत न होती तो उसका विवाह कहां हो सकता था?"

"अब इस बकवास का क्या फायदा?"

"मैं बकवास नहीं कर रही हैं, केवल यह आभास दिला रही हूं कि मैं पत्नी हूं, असुंदर हूं या सुन्दर। मेरी असुंदरता अपने साथ दौलत लाई थी, जो तुम्हारे पास नहीं थी। मेरी असुंदरता ने दो बेटों को जन्म दिया है, जिनका विवाह धूमधाम से होगा और इनको लाखों का दहेज मिलेगा। मैंने असुंदर लड़कियों को जन्म नहीं दिया है। यदि जन्म देती तो मैं नहीं समझ सकती कि क्या तुम्हारे पास इतनी दौलत है कि अपनी असुंदर बेटी का विवाह दौलत के बलबूते पर किसी इंग्लैंड के शिक्षा-प्राप्त सर्जन से कर सकते! आज मुझे अफसोस हो रहा है कि मैंने असुंदर बेटी को जन्म क्यों न दिया। ताकि तुम्हें आभास होता कि कुरूप बच्चे मां-बाप को कितने प्यारे होते हैं। पति को प्यारे न हों, लेकिन माता-पिता को प्यारे होते हैं।"

"अब तुम चाहती क्या हो? यदि तुम्हें यह सब पसन्द नहीं जो मैं कर रहा हूं, तो तुम मुझे तलाक दे सकती हो।"

"ओह! तो उस जादूगरनी का जादू यहां तक बोल सकता है! उसकी सुन्दरता इतनी बदसूरत बात कहलवा सकती है!

यदि मैं सुंदर नहीं हैं तो मेरी एक सुन्दरता यह भी है कि मैंने आज तक तुम्हें रोका नहीं। कभी पूछा नहीं कि रातें कहां बिताते हो, किस-किस औरत के पास जाते हो, मिसेज़ रजनी को फ्लैट लेकर क्यों दिया, उसे हज़ारों रुपये के गहने क्यों दिए!"

"यह सब बकवास है।"

"हो सकता है, लेकिन दुनिया जानती है। और तुमने लाख पर्दा डालने की चेष्टा की, लेकिन पर्दा डाल न सके। मैं उसे अपनी सौत भी नहीं समझती। मैं अपने भाग्य पर निश्चिन्त हूं। मैंने तुम्हारे जीवन में कभी दखल नहीं दिया। तुम्हारा व्यक्तिगत जीवन तुम्हारा है। मैं तुम्हारा जीना हराम कर सकती थी। मेरे माता-पिता का पैसा तुम्हें परेशान कर सकता था। तुम्हारे लिए मुसीबतें खड़ी कर सकता था और अब तुम चाहते हो कि इस उम्र में, जब मैं चालीस से एक वर्ष ऊपर हूं, तो मुझे तलाक दे दो। तुम मुझे तलाक दे सकते हो मगर मैं कभी गवारा न करूंगी। शायद मेरे भाई, मेरे पिता इस तलाक के विरुद्ध लड़ने के लिए शहर के चोटी के वकील खड़ा कर दें। और डाक्टर सुरेश अग्रवाल, तलाक इस आसानी से नहीं मिल सकेगा। उस बेवकफ मिसेज़ रजनी से कह देना कि यदि वह तलाक के स्वप्न ले रही है और सोच रही है कि एक दिन तुम्हारे साथ विवाह करेगी, तो यह उसकी भूल है। वह दिन कभी न आएगा।"

"तुम कुछ और भी कहना चाहती हो?" सुरेश संभल गया। रात उसके डाक्टर दोस्तों ने उसे समझाना चाहा था और वह बिगड़ गया था। और अब उसे उसकी पत्नी धमकी दे रही थी।

"नहीं। बस केवल यही कि मैं किसी मिसेज़ रजनी के पास पैसे के लिए नहीं जा सकती।"

"तो ठीक है। मैं पैसे ला दूंगा।"

"जी नहीं, धन्यवाद। अब उनकी आवश्यकता नहीं। मैंने इरादा बदल लिया है। मैं कोई अरमान पूरा करना नहीं चाहती।"

"जैसा बेहतर समझो।"

"मैं जानती थी, तुम यही उत्तर दोगे। तुम छुटकारा चाहते हो। अब तुम मुझे एक बोझ समझते हो। लेकिन अभी मेरे भाई जीवित हैं। और वे मेरी बदसूरती की कीमत हर समय चुकाते रहेंगे। मैं उनकी बहन हूं। लेकिन उनके पास सुन्दर दौलत है।

तुम्हारे पास सुन्दर मिसेज़ रजनी है, और बदसूरत दौलत है। यह मैं उस दिन ही समझ गई थी।" कहकर सीता रुक गई, जैसे वह बात का प्रभाव देखना चाहती हो।

"किस दिन और क्या समझ गई थीं ?"

"जिस दिन वह बूढ़ा आया था जिसके जवान बेटे की सड़क-दुर्घटना हो गई थी और वह कोरा चैक दे रहा था। वह दस हज़ार तक देने को तैयार था, लेकिन तुमने उसे यह कहकर टाल दिया कि तुम एक आपरेशन करने जा रहे हो जिसके लिए चार दिन पहले से समय नियुक्त हो चुका है।"

"तो इसमें क्या बुराई है ?"

"बुराई तो कोई नहीं। केवल मैंने शाम को जब राज नर्सिंग होम में फोन किया तो पता चला कि सर्जन सुरेश कपूर को उस दिन कोई आपरेशन नहीं करना था।"

"तो तुम मुझपर निगरानी कर रही थीं ?"

"इसकी आवश्यकता ही न पड़ी। मैंने एक दिन भी यह जानने की कोशिश न की कि तुमने मिसेज़ रजनी के लिए क्या कुछ किया है। दुनिया ने मुझे स्वयं ही बता दिया। तुम मुझे हीन बनाना चाहते हो। तुम चाहते हो कि मैं एक भिखारी की भांति मिसेज़ रजनी के पास जाऊं और एक चैक मांगें। लेकिन वह तुम्हारी नोकर है और इस नाते मेरी भी नौकर है। मैं जिसपर आदेश चला सकती हैं उससे चैक नहीं मांग सकती। मैं उसे तनख्वाह का चैक दे सकती हूं, उससे रकम नहीं मांग सकती।"

"कुछ और ?"

"केवल एक बात।"

"वह भी कह डालो।"

"सुना है कि तुम नगर के सबसे बड़े सर्जन हो। लेकिन कोशिश करो कि अपनी आंखें किसी ई० एन० टी० स्पेशलिस्ट को दिखा सको। ताकि तुम अच्छे और बुरे का अन्तर देख सको। तुम जो कुछ कर रहे हो, याद रखो, उसका प्रभाव बच्चों पर भी पड़ेगा। तुम जो दुनिया भर का इलाज करते हो, स्वयं अंधे हो। जाकर अपने अंधेपन का इलाज कराओ।"

"अवश्य कराऊंगा।"

"भूलना नहीं। तुम्हें इलाज की अत्यधिक आवश्यकता है।

तुम जिस रास्ते पर चल रहे हो, वहां अंधकार ही नहीं बल्कि ठोकरें, अपयश, बदनामी और ज़िल्लत है।"

"मैं याद रखूंगा।"

"और अब तुम क्लिनिक या मिसेज़ रजनी के पास जा सकते हो।"

"मैं दोनों के पास जा रहा हूं। क्लिनिक और मिसेज़ रजनी मेरे जीवन के हिस्से हैं।"

"और तुम्हें यह जीवन मुबारक हो।"

सुरेश ने उत्तर न दिया। उसने टाई की गांठ ठीक की, कोट पहना और बाहर निकल गया।

ग्यारह

उस दिन उसका क्लिनिक में बिलकुल जी न लगा। वह बेदिली से मरीज़ों की जांच करता रहा। उसके मस्तिष्क में तो सुबह और रात की घटनाएं थीं।

उसकी दौलत उसको शत्रु बन गई थी। उसकी पत्नी उसकी शत्रु बन गई थी।

जीवन में प्रथम बार उसकी शान्ति बिलकुल नष्ट हो गई थी। उसने इस परेशानी से मुक्ति पाने के लिए मिसेज़ रजनी को भीतर बुलाया।

"अभी और कितने मरीज़ हैं?"

"दो और हैं।"

"और अब क्या बजा है?"

"क्या तुम्हारे पास घड़ी नहीं?" रजनी ने मुस्कराकर कहा, "क्या बात है, आज तुम परेशान से नज़र आ रहे हो?"

"नहीं, ऐसी कोई बात नहीं। तुम एक चैक तैयार करो।"

"कितने का?"

"पांच हज़ार का।"

"इतनी बड़ी रकम की एकाएक आवश्यकता क्यों आन पड़ी?"

"मेरी पत्नी कुछ गहने खरीदना चाहती है।"

"खैर, मैं चक तैयार करती हूं। कैश कराने कौन जाएगा? क्या मिसेज़ सुरेश यहां रुपया लेने आ रही हैं?"

"नहीं।"

"क्यों ?"

"मैंने कहा था, उसने इनकार कर दिया। अब हुकमचन्द को बैंक भेजकर रुपया मंगा लो। और मरीज़ को भीतर भेज दो।"

"बेहतर।" कहकर मिसेज़ रजनी चलने लगी।

"सुनो।"

"कहो।"

"मैं आज दोपहर तुम्हारे यहां बसर कर सकता हूं ?"

"कर सकता हूं की क्या बात कह दी तुमने? वह तुम्हारा घर है। मैं जानती हूं तुम थके हुए हो। और जहां तक अनुमान लगा सकती हूं, सुबह घर में झगड़ा हुआ है। इसका मतलब है तुम्हें मेरी मदद की ज़रूरत है। और मैं हाज़िर हूं। रात भी तुम नहीं आए। आज दोपहर, शाम और रात मेरे यहां बसर करो। तुम्हें आराम की और मेरी उंगलियों के स्पर्श की आवश्यकता है।"

"तुमने ठीक कहा।"

"मैं चैक तैयार करती हूं।" कहकर रजनी बाहर चली गई। बाहर जाकर उसने मरीज़ को भीतर भेजा और स्वयं दराज से चैक बुक निकालकर चैक तैयार करने लगी।

चेक कैश हो गया। मरीज़ चले गए तो रजनी अन्दर चली गई।

"रुपये का क्या करना है ?"

"मैं शाम को अपने साथ ले जाऊंगा।"

"शाम को ?"

"हां।"

"इसका मतलब है तुम रात मेरे यहां बसर नहीं कर रहे हो !"

"मैं चाहता तो हूं, लेकिन···"

"लेकिन कुछ नहीं। मैं हुकमचन्द के हाथ रुपया घर भिजवा देती हूं। और हम क्लिनिक बन्द करके चलेंगे।"

"बेहतर।"

उन्होंने ऐसा ही किया। जैसे ही वे फ्लैट में प्रविष्ट होकर आराम से सोफे पर बैठ गए तो सुरेश बोला, "मुझे एक बियर दो।"

"अभी लाती हूं।" कहकर रजनी उठी और फ्रिज से बियर की बोतल और अलमारी से गिलास उठा लाई।

सुरेश ने एक बियर खत्म की तो रजनी ने बात शुरू की :

"हां। अब सुनाओ, क्या हुआ था?"

"कब?"

"आज सुबह।"

"आज सुबह जो कुछ हुआ वह हुआ, लेकिन रात बहुत कुछ हुआ।"

"रात कहां थे?"

"क्लब में।"

"और वहां तुम्हारे सारे मित्र जमा थे?"

"हां।"

"फिर क्या हुआ?"

"तुम्हारी चर्चा छिड़ गई।"

"क्यों?"

"तमाम मित्र मुझसे रुष्ट हैं, बल्कि विरक्त हैं; और उनका विचार है कि मैं जिस डगर पर चल रहा हूं, वहां बदनामी और ज़िल्लत के सिवा कुछ नहीं।"

"किसने कहा था?"

"अब याद नहीं। सब ही बोल रहे थे। शायद डाक्टर मेहता ने कहा था या डाक्टर लखनपाल ने।"

"वे दोनों गधे हैं।"

"लेकिन वे मेरे मित्र हैं। और आज मैं सफ़लता के जिस स्थान पर खड़ा हूं, उसे बनाने में उनका हाथ है।"

"और तुम स्वयं क्या हो?"

"मैं एक सर्जन हूं।"

"क्या तुम्हारी जगह वे आपरेशन करते हैं?"

"नहीं।"

"फिर उनका हाथ कैसे है?"

"पहले एक बियर और दो।"

"अभी लो। और मैं खाने के लिए रेस्टोरेंट फोन कर दूं?"

"हां।"

रजनी ने उसे बियर दी, और स्वयं फोन उठाकर आर्डर देने

लगी। आर्डर देकर वह उसकी बगल में बैठ गई।

"हां, अब सुनाओ। वे क्यों ऐसा समझते हैं कि तुम जिस डगर पर चल रहे हो, वहां बदनामी, अपयश, ज़िल्लत के सिवा और कुछ नहीं?"

"मैंने कह दिया था कि मैं पत्नी को तलाक देकर तुम्हारे साथ विवाह कर रहा हूं।"

"और वे नाराज़ हो गए?"

"आवश्यक बात थी।"

"वे स्वयं जिस डगर पर चल रहे हैं और वह क्लब जो उन्होंने ऐशगाह बना रखा है, वह सब क्या है?"

"उनका विचार है कि मैं गलत रास्ते पर चल रहा हूं।"

"उनका विचार है, लेकिन सोचा है कि वे ऐसा क्यों कहते है?"

"क्यों कहते हैं?"

"वे ईर्ष्या से जल रहे हैं।"

"क्या मतलब?"

"डार्लिंग सुरेश, बात सीधी-सी है। तुम्हारा वह क्लब या चकला बहुत बदनाम है। और वहां की रीत है कि उस क्लब में जो लड़की या औरत आती है उसे तमाम डाक्टर इस्तेमाल करते हैं। क्या मैं गलत कह रही हूं?"

"नहीं, यह सच है।"

"और उनकी आंख मुझपर है। मेरी सुन्दरता पर है। वे इस बात से नाराज़ हैं कि मैं उन सबकी क्यों न बन सकी। क्या तुम इतना भी नहीं समझ सकते? वे अंगारों पर लोट रहे हैं। उनकी राल टपकती है कि रजनी केवल सुरेश की क्यों है। वह सबकी जागीर क्यों नहीं। और मैं उनके मुंह पर थूकती भी नहीं।" रजनी ने सुर्ख होकर कहा।

"मैंने इस दृष्टिकोण से सोचा ही न था।"

"लेकिन मैं औरत हूं और मर्दों को समझती हूं। यदि मैं भी उसी क्लब में जाती और उनके बिस्तर गर्म करती, तो उन्हें कभी यह कहने की जुर्रत न पड़ती कि तुम जिस डगर पर चले रहे हो वहां बदनामी और ज़िल्लत के सिवा कुछ नहीं। वे तुम्हारी बदनामी और निदा के ठेकेदार नहीं। वे लाख बहाने बनाएं;

जो जी में आए, कहें; लेकिन मैं उनमें से किसीको अपने शरीर को हाथ न लगाने दूंगी। मैं तुमसे पूछती हूं, क्या तुम पसन्द करोगे कि मैं उस क्लब में जाऊं?" रजनी ने प्रश्न किया।

"बिलकुल नहीं।"

"तो बात सीधी है।"

"लेकिन वे मेरे मित्र हैं, और मुझसे नाराज़ हैं। वे मेरी मदद करना बन्द कर देंगे।"

"तुम्हारी जितनी प्रैक्टिस है, उसके बाद तुम्हारा विचार है कि तुम्हें उनकी ज़रूरत है?"

"नहीं।"

"फिर क्यों यह सोचते हो कि तुम मित्र खो दोगे? यदि खो ही दोगे तो तुम्हारी प्रक्टिस पर क्या प्रभाव पड़ेगा?"

"कुछ भी नहीं।"

"वे जलते हैं कि मैं केवल तुम्हारी क्यों बनकर रह गई।"

"जानती हो, एक डाक्टर ने तो यहां तक कहा कि मैं प्रसिद्ध सर्जन हूं, लेकिन मुझे किसी आंखों के सर्जन की आवश्यकता है।"

"वे स्वयं अंधे हैं।"

"तो तुम चाहती हो कि मैं उन्हें छोड़ दूं?"

"छोड़ने की आवश्यकता ही नहीं। उन्हें तुम्हारी आवश्यकता है, तुम्हें उनकी आवश्यकता नहीं।"

"यह तो ठीक है।"

"आज उन सबमें से तुम्हारी सबसे अधिक आय है। और वे इस बात से भी जलते हैं।"

"हो सकता है।"

"हो नहीं सकता, यह सत्य है।"

"ओह!"

"वे तुम्हारी उन्नति को और मुझे सहन नहीं कर सकते।"

"फिर मुझे क्या करना चाहिए?"

"कुछ भी नहीं।"

"मैं समझा नहीं।"

"उनकी बातें एक कान से सुनो और दूसरे से निकाल दो।"

"लेकिन वे कहते हैं कि इंसान को मांस खाना चाहिए, इश्तहार के लिए हड्डी गले में नहीं डाल लेनी चाहिए।"

"मैं तुम्हारे गले की हड्डी नहीं बल्कि एक ऐसी हड्डी हूं जो उनके कंठ में फंसी हुई है। और वे मेरी खातिर तड़प रहे हैं, और मैं उन्हें जूती पर नहीं रखती। हमारा प्यार अमर है। हम एक-दूसरे के लिए हैं। एक-दूसरे से प्रेम करते हैं। आखिर यह प्यार एक दिन की बात नहीं। हम पांच वर्ष से एक-दूसरे को प्यार कर रहे हैं। और अब मैं उन्हें गले की हड्डी नज़र आ रही हूं।"

"रजनी, तुम ठीक कहती हो।"

"और अब सुनाओ, पत्नी से क्या बात हुई?"

"उसने बहुत कुछ कहा। उसने मेरी गरीबी को गाली दी है और कहा कि यदि वह मेरे साथ विवाह न करती और पचहत्तर हज़ार का दहेज न लाती, तो मेरी बहन का विवाह न हो सकता।"

"वह बकती है। शादी-ब्याह तो संजोग की बात है। वह कौन थी करने वाली! उस जैसी लड़की से तो कोई क्लर्क भी विवाह न करता।"

"मैंने यही कहा था।"

"तो फिर उसने क्या जवाब दिया?"

"कोई जवाब नहीं। उसे आज भी घमंड है कि उसके भाई दो-चार लाख के मालिक नहीं बल्कि सत्तर-अस्सी लाख के मालिक है।"

"और तुम उस दौलत पर आंख लगाए बैठे हो?"

"मैं उनकी दौलत पर थूकता भी नहीं। आज मैंने जो कोठी बनाई है, उसपर तीन लाख रुपया खर्च हुआ है।"

"फिर शिकायत कैसी?"

"शिकायत मुझे नहीं सीता को है।"

"वह भी ईर्ष्या की आग में जल रही है। उसकी असुंदरता उसे परेशान कर रही है। उसके अन्दर आत्महीनता की भावना पैदा कर रही है। वह जलती है कि मुझ जैसी सुन्दर औरत तुम्हें क्यों मिल गई है। वह तो चाहती थी कि तुम आयु-पर्यन्त उस भैंस के साथ बिता दो। सुरेश डार्लिंग, सच बताओ।"

"क्या?"

"मैं तुम्हारे जीवन में आई, क्या इससे पूर्व तुमने कभी सोचा था कि औरत क्या होती है?"

"कभी नहीं।"

"क्या सीता ने सिखाया था या सिद्ध किया था कि प्यार क्या होता है?"

"बिलकुल नहीं।"

"फिर उसकी परवाह क्यों करते हो?"

"उसने भी वही बात कही।"

"क्या?"

"कि मैं सर्जन हूं, लेकिन अंधा हूं, बहरा हूं।"

"वह पागल है।"

"मैंने उससे कहा कि यदि ऐसे हालात हैं तो तलाक ले लो।"

"और उसने क्या कहा?"

"उसने कहा कि वह कभी तलाक न लेगी, बल्कि भाइयों से कहकर शहर के सबसे बड़े वकील को खड़ा करके तलाक के विरुद्ध लड़वाएगी। और किसी भी हालत में तलाक न देगी।"

"हूं। तो उसे भाइयों की दौलत का इतना घमंड है!"

"वह तो है।"

"लेकिन वह यह नहीं जानती कि मैं क्या कुछ कर सकती हूं?"

"क्या मतलब?"

"सुरेश डार्लिंग! यदि आवश्यकता पड़ी तो मैं उसे रास्ते से हटा दूंगी।"

"यह क्या कह रही हो!"

"मैं ठीक कह रही हूं। तुम मेरे हो और मैं तुम्हारी हूं। अब संसार की कोई शक्ति हमें अलग नहीं कर सकती। फिर भी तुम्हें चिंता करने की आवश्यकता नहीं। जब तक वह कोई कदम नहीं उठाती, तुम भी कोई कदम न उठाओ और यदि उसने कोई कदम उठाया तो फिर वह देखेगी कि उसके लखपति भाई, उसके वकील कुछ न कर सकेंगे।"

"मैं समझा नहीं।"

"तुम्हें समझने की आवश्यकता नहीं। बस उसे इतना कह देना कि वह हमारे रास्ते में दीवार बनकर बाधा डालने की कोशिश न करे। उसकी इसीमें भलाई है, और यही उसके लिए उपयुक्त है। अब तुम खामखाह परेशान मत हो। खाना आने वाला है। क्या एक बियर और पीना चाहोगे?" रजनी ने उसके

बालों को सहलाते हुए कहा।

"आवश्यकता तो नहीं, पर यदि मैंने तीसरी बियर पी ली तो फिर मैं सो जाऊंगा। क्या तुम पसन्द करोगी?"

"मुझे तुम्हारी हर बात पसन्द है। तुम सो जाओगे तो मैं तुमपर पहरा दूंगी। ताकि कोई कमीना डाक्टर या कोई बेवकूफ पत्नी तुमको उठाकर न ले जाए। तुम्हें आराम की भारी आवश्यकता है। आज शाम तुम क्लिनिक में न जाओगे। मैं तमाम एपाइंटमेंट कैंसिल करा दूंगी। हुकमचन्द को कह दूंगी कि वह कल सुबह नई एपाइंटमेंट दे। जब तुम सोकर उठोगे तो तुम्हारा मस्तिष्क परेशान न होगा। फिर मैं रात को वह रंगीन बनाऊंगी कि तुम तमाम परेशानियों से मुक्त हो जाओगे।"

"मैं जानता हूं। मैं जब भी यहां होता हूं, तुम्हारे बाज़ुओं में बेहतरीन नींद आती है।"

"अच्छा मैं बियर लाती हैं।"

उसी क्षण कॉल-बेल की आवाज़ आई।

"शायद खाना आ गया। मैं ले लूं।" कहकर वह दरवाज़े की ओर बढ़ी। सचमुच खाना आ गया था। उसने पार्सल संभाले। बरे को बिल की रकम दी और दो रुपये टिप दिए। खाना वह रसोईघर में ले गई। और फ्रिज से बियर निकालकर उसने सुरेश के आगे रख दी।

"रजनी!"

"कहो।"

"यदि तुम न होतीं तो मेरा जीवन मौत से बदतर होता।"

"मैं जानती हूं।"

"तुम्हारे सिवा मेरा इस दुनिया में अब कोई नहीं। कोई दोस्त नहीं, पत्नी नहीं, कोई संतान नहीं।"

"मैं जो हूं।"

"यही तो मैं कह रहा हूं। केवल तुम हो। और मुझे दुनिया में किसीकी ज़रूरत नहीं। दोस्त अपनी दोस्ती को अपने पास रखें। तुम ठीक कहती हो। वे तुमसे और मुझसे जलते हैं। मेरी पत्नी भी मुझसे जलती है।"

"अच्छा अब परेशान न हो। बियर खत्म कर लो तो मैं खाना टेबल पर लगा दूं।"

"बियर खत्म हई। खाना खाया गया। और उन्मादावस्था में सुरेश बेडरूम में जाकर लेट गया। रजनी उसके पहलू में लेट गई। फिर सुरेश ने उसके बाज़ू पर अपना सिर रखा और सो गया।

बारह

रजनी ने घड़ी पर दृष्टि डाली। रात्रि के सवा दस बजे थे। उस-पर व्हिस्की का नशा छाया हुआ था। खाना वह खा चुकी थी, लेकिन नींद न आ रही थी। इसलिए उसने एक पत्रिका उठा ली और उसके पृष्ठ पलटने लगी।

इस तरह सर्द और लम्बी रात को एकान्त में बिताना कितना कठिन था! शाम को सुरेश ने कह दिया था कि आज की रात वह घर में बसर करना चाहता था। पहले उसे किसी पार्टी में जाना था।

पति से अलग हुए कई वर्ष गुज़र गए थे। पति ने तलाक की कोशिश न की थी और न ही रजनी ने कोशिश की थी। इन दोनों के बीच एक शरीफों जैसा समझोता था। और इस समझोते की यही शर्तें थीं कि रजनी जिस प्रकार का जीवन बिता रही थी, वह उसके पति को स्वीकार था; और पति जिस प्रकार का जीवन बिता रहा था, वह रजनी को स्वीकार था। इसलिए झगड़े का प्रश्न ही पैदा न होता था। रजनी की कोई सन्तान न थी। और उसकी हार्दिक अभिलाषा थी कि वह सर्जन सुरेश के बच्चे को जन्म दे। लेकिन इतने वर्षों के सम्पर्क के बावजूद वह इस अभिलाषा को पूरा न कर सकी थी।

लेकिन उसके जीवन में एक अजीब-सा शून्य था। यद्यपि सुरेश महीने में बीस, बाईस और कई बार पच्चीस रातें भी उसके यहां बसर करता था, लेकिन जिन रातों को सुरेश उसके पास न होता था, उसे आभास होता कि उसका संसार में कोई नहीं। पति था, लेकिन वह पति से दूर थी। सुरेश उसका था, लेकिन सुरेश उसका न था।

वह कुंआरी न थी। वह विवाहिता न थी। वह सुहागिन न थी। वह विधवा न थी।

सुरेश के साथ उसका सम्बन्ध केवल उस समय तक रहेगा

जब तक वह जवान और सुन्दर थी। जवानी और सुन्दरता उसकी पूंजी थी। कभी-कभी अब उसे बुढ़ापे की चिंता भी सताती थी। वह कई बार सोचती कि बुढ़ापा एकान्त में न गुज़रे। बुढ़ापे में वह अकेली न हो जाए। वह मां भी न बन सकती थी जो कि संतान उसके बुढ़ापे का सहारा होती।

और ऐसी ठंडी और लम्बी रातें उसे बहुत कुछ सोचने पर विवश कर देतीं। बल्कि उसे डरा देतीं। उसके भीतर एक भय पैदा हो जाता

नौकरानी थी जो दिन में आती थी। सुबह और शाम। बर्तन साफ कर देती और कमरे झाड़ देती। वह उसे स्थायी तौर पर नौकर न रख सकती थी, क्योंकि वह नहीं चाहती थी कि उसका और सुरेश का नंगा जीवन कोई देखे।

सेक्स के मामले में वह पावर हाउस थी। ब्ल्यू फिल्में, खजुराहो की इमारतों की तस्वीरें और यूरोप की अश्लील तस्वीरें उसका दिल न बहलाती थीं।

कई बार तो व्हिस्की भी उसे सहारा न देती। बल्कि उसके अकेलेपन को दुगुना कर देती। रातें वीरान हो जाती। और मर्द की कमी बुरी तरह खटकती। डनलप का पलंग कांटों की सेज बन जाता और यह ऐसी ही एक रात थी।

वह सुरेश के बारे में सोच रही थी। दुनिया अब जानती थी कि वह सुरेश की रखैल, सेक्रेटरी, साथी, मित्र, गर्ज़ कि सब कुछ थी, लेकिन सुरेश उसे खुले आम लेकर घूम न सकता था ओर पार्टियों में साथ न ले जा सकता था।

यह एकान्त जानलेवा सिद्ध हो रहा था।

अचानक उसके कान में ताला खुलने की आवाज़ आई। वह चौंक पड़ी। ताले की दूसरी चाबी तो सुरेश के पास थी। क्या सुरेश इस समय आ गया था? क्या भगवान ने उसकी पुकार सुन ली थी? उसने चाहा कि उठकर देखे सुरेश ही है या कोई चोर तो नहीं। लेकिन उसे विश्वास था कि सुरेश ही होगा। चोर का इस घर में क्या काम!

दरवाज़ा बन्द हुआ और साथ ही लैचलाक भी बन्द हो गया। फिर कदमों की भारी आवाज़, जो कालीन पर पैदा हो रही थी, उसके कमरे के आगे रुक गई।

"कौन है?" रजनी ने पुकारा।

"मैं।" कहकर सुरेश भीतर आ गया।

"ओह, तुम!"

"हां।"

"जानते हो मैं तुम्हारे ही बारे में सोच रही थी और स्वयं को अकेला अनुभव कर रही थी। मैं तो इस समय भगवान से कुछ और भी मांगती तो मिल जाता।" कहकर वह उठने लगी।

"उठो नहीं। मैं कपड़े उतारकर तुम्हारे पास ही आ रहा हूं।" कहकर सुरेश ने ओवरकोट उतारकर एक कुर्सी पर फेंक दिया। फिर वह सूट उतारने लगा।

"पार्टी कैसी रही?"

"बहुत सफल। व्हिस्की पानी की भांति बह रही थी।"

"वह तो मैं तुम्हारी हालत से अनुमान लगा सकती हूं।"

"खैर, तुम्हें इस व्हिस्की का कृतज्ञ होना चाहिए। इस व्हिस्की ने ही मुझे फैसला करने पर विवश किया कि आज मैं घर न जाऊं बल्कि आज की रात यहां व्यतीत करूं।"

"धन्यवाद। लेकिन मैंने कार रुकने की आवाज़ नहीं सुनी।"

"मैंने तुम्हारे कमरे की रोशनी देख ली थी। इसलिए कार धीमी आवाज़ में पार्क की। बल्कि इंजन बंद करने से पहले रेस भी न दी। अब ऐसी सर्दी में सुबह स्टार्ट करने में दिक्कत पड़ेगी।"

"मैं धक्का लगा दूंगी।" रजनी ने हंसकर कहा।

"लोग देखेंगे तो क्या कहेंगे?" सुरेश भी हंस दिया।

"स्लीपिंग सूट निकाल लोगे या मैं निकाल दूं?"

"स्लीपिंग सूट मैं निकाल लेता हूं, लेकिन पहनूंगा नहीं।" सुरेश के शरीर पर बनियान और अंडरवियर थे।

"क्या बात है, इस सर्दी में व्हिस्की इतना असर दिखा रही है?"

"तुम्हारे बाज़ुओं में मुझे सर्दी नहीं लगती।" कहकर वह पलंग में घुस गया।

रजनी ने उसे बाज़ुओं में ले लिया, बल्कि जकड़ लिया, और उसके होंठों पर अपने होंठ रख दिए।

सुरेश ने कुछ कहना चाहा लेकिन रजनी ने होंठ दबा दिए।

जब होंठ अलग हुए तो रजनी ने कहा, "मैं आज बहुत उदास

थी। न मालूम क्यों!"

"कोई खास वजह?"

"नहीं।"

"यह कैसे हो सकता है?"

"तो सुनोगे?"

"तुम जानती हो, मैं तुम्हारी हर बात सुनता हूं।"

"तुम्हें नींद तो नहीं आई?"

"नहीं। आज की रात बहुत महत्त्वपूर्ण है।"

"कसे?"

"पहले तुम अपनी बात बताओ। मैं जल्दी में नहीं, आराम से बात करूंगा।"

"जानते हो मैं क्या सोच रही थी?"

"नहीं, लेकिन जानना चाहता हूं।"

"मैं सोच रही थी कि मेरा बुढ़ापा कैसा होगा?"

"क्यों?"

"बहुत-सी बातें दिमाग में गड्ड-मड्ड हो गईं। मैं सोच रही थी कि मैं भी खूब हूं न मै कंआरी हूं, न विवाहिता हूं, न सुहागिन हूं और न ही विधवा हूं।"

"और यह सब मेरे कारण है!"

"मैं ऐसा नहीं कहती।"

"लेकिन मैं समझता हूं। तुम जानती हो कि मैं किसी पार्टी में अपनी पत्नी को जीवन में एक बार भी लेकर नहीं गया। मैंने तुम्हें जो जीवन दिया है, वह सचमुच वही है जो तुमने कहा है। तुमने मेरे कारण पति को छोड़ दिया, लेकिन मैं तुम्हें पत्नी न बना सका। मैं तुम्हें किसी पार्टी में ले जा नहीं सकता। सचमुच तुमने ठीक कहा है—न तो तुम सुहागिन हो और न ही विधवा, न कुंआरी हो और न ही विवाहिता। लेकिन यह बात आज क्यों सोची तुमने?"

"एकाएक मुझे एकान्त का आभास हुआ। मुझे ऐसा लगा कि मैं अकेली हूं। मेरा कोई नहीं। और बुढ़ापा आने वाला है। यदि तुमने मुझे छोड़ दिया, तो मेरा बुढ़ापा कैसा होगा? तुम पत्नी को तलाक नहीं दे सकते। मैं अपने पति को जीवन में वापस नहीं लाना चाहती। मेरी बड़ी अभिलाषा थी कि मैं तुम्हारे बच्चे को

जन्म दूं। कम से कम बुढ़ापे में वह बच्चा तो मेरा सहारा होगा। लेकिन मेरी यह इच्छा भी पूरी न हो सकी। हम एक-दूसरे से प्यार करते हैं, और एक-दूसरे के बिना जीवित नहीं रह सकते। हमारे प्यार में कोई भी बाधित नहीं। लेकिन इसके बावजूद दुनिया हमें पति-पत्नी के रूप में नहीं देख सकती।"

"मैं तुम्हारी भावनाओं को समझ रहा हूं।"

"बस आज शाम यही एकान्त मुझे काट रहा था। बल्कि जानलेवा बन गया था। रेडियो, रेडियोग्राम, किसी भी चीज़ में मुझे दिलचस्पी महसूस न हुई। यहां तक कि व्हिस्की भी मेरे मूड को ठीक न कर सकी। फिर मुझे बुढ़ापे का डर सताते लगा। मैंने उसे मन से निकालने की चेष्टा की, लेकिन सफल न हो सकी। तुमने आज शाम, कहा कि पार्टी के बाद तुम घर जाओगे, और जब मैंने ताला खुलने की आवाज़ सुनी तो चौंक पड़ी। मैंने सोचा तुम हो या कोई चोर। लेकिन चोर का इस घर में क्या काम? फिर तुम मेरे पास आ गए।" कहकर रजनी ने उसे बाज़ुओं में समेट लिया, और उसके अधरों पर अधर रख दिए।

"कहो कि तुम मुझे प्यार करते हो।"

"डार्लिंग! मैं तुम्हें प्यार करता हूं।"

"एक बार फिर कहो।"

सुरेश ने कह दिया।

"हां, अब बेहतर है। अब एक तसल्ली तो है। अब दिल को हौसला मिला कि मेरा कोई है।"

"मैं तुम्हारा हूं और सिर्फ तुम्हारा।"

"बुढ़ापे में भी मेरे ही रहोगे?"

"बुढ़ापे में भी।"

"बस-बस, अब मुझे अपने प्यार पर विश्वास है। यह दुनिया तुम्हें मुझसे छीन नहीं सकती। अब मुझे बुढ़ापे का डर कभी न सताएगा। यह एकान्त अब जानलेवा न होगा। तुम्हारी प्रतीक्षा अब कठिन सिद्ध न होगी। जिन रातों को तुम मेरे पास न होगे, वे रातें अब मुझे परेशान न करेंगी।"

"काश! मैं सीता से छुटकारा पा सकता!"

"क्या वह रुपया लेकर अलग नहीं हो सकती?"

"नहीं, वह किसी कीमत पर तलाक न देगी। वह जानती है

कि वह असुंदर है और बुढ़ापे की दहलीज़ पर खड़ी है। अब वह बयालीस वर्ष के लगभग है। शायद इससे भी अधिक की हो। उसे भी यह आभास है कि उसके बुढ़ापे का सहारा उसके दोनों बेटे हैं। वह जानती है कि मैं उसका नहीं, और न उसका बन सकता हूं। लेकिन वह तलाक न देगी।"

"अभागिन!"

"कौन?"

"मैं।" रजनी ने गहरा सांस लिया।

"लेकिन वह हमारे बीच दीवार नहीं।"

"यह मैं जानती हूं। लेकिन जैसे-जैसे आयु बढ़ती है, सेक्स के अतिरिक्त साथी की भी आवश्यकता पड़ती है। एकान्त काटने लगता है। प्रतीक्षा जानलेवा हो जाती है।"

"तुम्हारा पति?"

"वह अब मेरे जीवन में कभी न आएगा। तुम जानते हो।"

"हूं।"

"क्या रुपये का लालच सीता के जीवन में कोई महत्त्व नहीं रखता?"

"तुम जानती हो, जब उसका विवाह हुआ था, वह एक लखपति की लड़की थी और अब उसके भाई लगभग एक करोड़ के मालिक हैं। दौलत उसके लिए लालच की चीज़ नहीं।"

"क्या तुम मेरे साथ रीति-अनुसार विवाह नहीं कर सकते? आखिर तुम दो विवाह भी तो कर सकते हो!"

"लेकिन तुम विवाहिता हो।"

"मैं जब चाहूं तलाक ले सकती हूं। केवल इसलिए नहीं लेती कि तुम विवाह करने को तैयार नहीं।"

"क्या विवाह आवश्यक है?"

"यदि मैं पत्नी होती तो आज पार्टी में साथ न जाती?"

"मैं समझ गया।"

"बस यही कमी है। मैं तुम्हारी सब कुछ हूं, लेकिन पत्नी नहीं। मैं तुम्हारे साथ सारा जीवन व्यतीत कर सकती हूं, लेकिन तुम्हारे साथ किसी पार्टी में नहीं जा सकती।"

"मैं इस विवशता को समझ रहा हूं।"

"इसीलिए मैं ज़िन्दा हूं।"

"जानती हो आज क्या हआ?"

"क्या हुआ?"

"व्हिस्की के तीसरे पेग के बाद मेरा मस्तिष्क उलझ गया। एक खास बात थी और मैं देर तक फैसला न कर सका। फिर मैंने तीन पेग और पीए तब जाकर फैसला हुआ।"

"किस बात का?"

"कि आज की रात कहां व्यतीत करूं।"

"ऐसी क्या बात थी? तुम हर रात यहां व्यतीत कर सकते हो।"

"लेकिन आज की रात बहुत महत्त्वपूर्ण है, या यह समझ लो कि कल की सुबह बहुत महत्त्वपूर्ण है।"

"क्यों?"

"अभी बताता हूं। तुम जानती हो कि मेरे जीवन की बाग-डोर तुम्हारे हाथ में है। मेरी तमाम आय का हिसाब तुम्हारे पास है। मैं तुमसे कुछ नहीं छुपाता। वे बातें भी मैं तुम्हारे साथ करता हूं जो पत्नी के साथ करनी चाहिए। उसके साथ मैं करता नहीं।"

"मैं जानती हैं।"

"लेकिन मैंने तुमसे एक बात छुपाकर रखी है।"

"जल्दी बताओ, वरना मैं नाराज़ हो जाऊंगी।"

"वही बताने तो मैं आया हूं। यही फैसला था जिसके लिए मुझे तीन पेग अधिक पीने पड़े। लेकिन मैं खुश हूं कि मेरा फैसला मेरे दिल की प्रतिक्रिया होता है।"

"अब मैं उत्सुकता पर काबू नहीं पा सकती।"

"कुछ देर प्रतीक्षा करनी पड़ेगी।"

"लेकिन क्यों?"

"मैं एक फैसला करना चाहता हूं।"

"बताओ। मैं मदद करती हूं।"

"मैंने एक शुभ सूचना डेढ़ मास से अपने सीने में दबाकर रखी हुई है। मैं तुम्हें अचम्भा देना चाहता था। और अब मैं वह सूचना सुनाने चला आया हूं। लेकिन यह फैसला नहीं कर सका कि इस सूचना का जश्न अब मनाया जाए या सुबह।"

"मैं सुबह तक प्रतीक्षा नहीं कर सकती।"

"फिर मैं हथियार डालता हूं।"

"तो सुना दो।"

"मैं खबर यूं नहीं सुनाना चाहता।"

"तो किस तरह सुनाना चाहते हो?"

"पहले दो गिलासों में व्हिस्की डालकर लाओ। वह सूचना ही ऐसी है कि उसका जश्न होना चाहिए।"

"दो गिलास तो क्या," कहकर रजनी पलंग से उठ पड़ी, "मैं सारी रात व्हिस्की का दौर जारी रख सकती हूं।"

रजनी ने वार्ड रोब से व्हिस्की की बोतल निकाली, गिलासों में व्हिस्की डाली और पानी डालकर ले आई। एक गिलास बढ़ाते हुए बोली, "शुभ सूचना के नाम।"

"धन्यवाद।" सुरेश ने गिलास थामकर कहा, "सच तो यह है कि मैं सुबह बधाई लेना चाहता था। लेकिन सबसे पहले तुमसे। मैं नहीं चाहता था कि मेरी पत्नी या मेरे बेटे मुझे बधाई दें। इसलिए मैं पार्टी में एक के बाद एक पेग पीता रहा। मैं दोस्तों की बधाई भी तुम्हारे बाद स्वीकार करना चाहता था।"

"सुरेश डार्लिंग, अब अधिक न तड़पाओ। गिलास उठाकर चियर्ज़ कहो और जो बात तुमने दो मास से सीने में छुपा रखी है, वह बता डालो।"

"कल सुबह के अखबार में मेरे सम्बन्ध में एक सूचना प्रकाशित हो रही है।"

"कैसी सूचना?"

"बहुत अच्छी।"

"अब बता भी डालो। मेरी उत्सुकता को तो आग लग गई है।"

"क्यों न सुबह समाचारपत्र में पढ़ो?"

"फिर वहीं बात! अब तुम मेरे संयम की परीक्षा ले रहे हो!"

"अच्छा नहीं लेता।"

"तो जल्दी से सूचना सुना डालो।"

"मुझे सर की उपाधि मिल रही है।"

"क्या?"

"हां।" अब मैं डाक्टर सर सुरेश कपूर कहलाऊंगा। और सुबह के समाचार में सूची छपेगी तथा उसमें मेरा नाम है।"

"तुम्हें कब पता चला?"

"दो मास हुए मुझसे पूछा गया था और मैंने हां कर दी थी।"

"तुम···तुम···!" रजनी को शब्द न मिल रहे थे, "तुमने इतनी बड़ी खबर दो मास से छुपा रखी है!"

"मैं अचम्भा देना चाहता था। अब भी सरकार के सिवा केवल तुम्हें पता है। किसी दोस्त को नहीं। किसी डाक्टर या सर्जन को नहीं। मेरी पत्नी को नहीं। यही बात थी कि मैं आज शाम फैसला न कर पा रहा था कि रात कहां व्यतीत करूं और फिर फैसला तुम्हारे पक्ष में हुआ और मैं यहां चला आया। इस सूचना को में दो मास से सीने में छुपाए फिरता रहा, लेकिन अब चन्द घंटे न छुपा सका।"

"डार्लिंग! तुम सर! वाह! वाह! आखिर अंग्रेज़ सरकार ने भी स्वीकार कर लिया कि तुम माने हुए सर्जन हो। और मैं सबसे पहले बधाई देती हूं।"

"धन्यवाद!"

"अब सुबह तक हम सोएंगे नहीं जब तक अखबार नहीं आता। मैं एक बार अखबार मैं पढ़ लूं, फिर हम एक-दूसरे से लिपटकर सो जाएंगे, और दुनिया हमें ढूंढेगी। वह तुम्हारी कोठी पर फोन करेगी और हम तमाम दिन सोएंगे। फिर शाम को एक ग्रैंड पार्टी देंगे और इस पार्टी में मैं भी हूंगी। दुनिया अब कुछ कहे लेकिन मैं उस पार्टी में अवश्य भाग लूंगी।"

"स्वीकार।"

"तुमने इतनी बड़ी खबर छुपाई क्यों?"

"कहा न कि मैं अचम्भा देना चाहता था।"

"वह तो ठीक है, तुम क्या समझते हो कि मैं किसीको बता देती?"

"शायद जोश में।"

"मैं ऐसी जोशीली नहीं।"

"मैं तो इस समय तुम्हें जोश में पागल देख रहा हूं।"

"यह जोश है?"

"खुशी का दूसरा नाम जोश है।"

"लाओ जाम बदल लें।" उन्होंने जाम बदल लिए। "अब मैं तुम्हें सोने न दूंगी। मैं

आज अकेली थी, उदास थी, और तुम जीवन ले आए। इतनी बड़ी खबर। अच्छा एक बात बताओ। खबर तो कल छपेगी, लेकिन समारोह तो बाद में होता है?"

"हां, कुछ मास उपरान्त। एक विशेष दिन नियुक्त करके। गवर्नर सम्मानित करता है। वी॰ आई॰ पी॰ तथा पुरा सम्मानित वर्ग भी होता है।"

"सुरेश!"

"हां।"

"एक वायदा करो।"

"कहो।"

"उस दिन मुझे साथ लेकर जाओगे। ऐसे अवसर पर सेक्रेटरी साथ जा सकती है, यह मैं जानती हूं।"

"यदि ऐसा है तो तुम ही जाओगी। वरना कोई नहीं जाएगा। मेरी पत्नी भी नहीं। मैं अकेला जाकर उपाधि ले आऊंगा और सीधा यहां आऊंगा। और उसे तुम्हारे कदमों में रख दूंगा।" सरेश ने कहा।

"सरेश डार्लिंग, तो तुम अब वी॰ आई॰ पी॰ हो! आज मैं कितना गर्व कर रही हूं! मैं एक वी॰ आई॰ पी॰ की क्या हूं भला?"

"प्रेमिका।"

"हां। यह शब्द उपयुक्त है। रखैल तो घटिया शब्द है। प्रेमिका बहुत उपयुक्त शब्द है।"

"प्रेमिका को वह दर्जा प्राप्त है जो पत्नी को नहीं।"

"ठीक है, लेकिन जो पत्नी को जगह प्राप्त है वह प्रेमिका को नहीं।"

"जगह की बात छोड़ो, सर्वाधिकार तो प्रेमिका के पास है।"

"हां, मैं इनकार नहीं करती।"

"तुम मेरे जीवन के अन्तिम दिन तक प्रेमिका रहोगी।"

"बुढ़ापे में भी?"

"हां, बुढ़ापे में भी।"

"खैर, आज मुझे शान्ति मिली है, वरना मैं सदा अपने भविष्य के लिए परेशान रहती थी।"

"क्या धन की वजह से?"

"नहीं। धन तो तुमने मुझे इतना दे दिया है कि यदि मेरी संतान होती तो उसे भी तमाम आयु काम करने की आवश्यकता न पड़ती।"

"फिर?"

"बस, एकान्त जानलेवा हो जाता है।"

"तुम चाहो तो मैं पूरे तीस दिन यहां रात गुज़ार सकता हूं।"

"नहीं। लेकिन सुरेश डार्लिंग, एक बात बताओ।"

"पूछो।"

"क्या पत्नी से तुम्हारे शारीरिक सम्बन्ध हैं?"

"तुम्हारा क्या विचार है?"

"मेरा तो विचार है कि तुम उसके पास से गुज़रते भी न होगे। उसके शरीर का स्पर्श तो दूर की बात है।"

"तुम्हारा अनुमान ठीक है।"

"फिर महीने में पांच-सात रातें घर क्यों बसर करते हो?"

"दुनियादारी की खातिर।"

"अब दुनिया में कोन है जो हमारे सम्बन्ध को नहीं जानता? अब तो सब जानते हैं।"

"फिर भी पांच-सात रातें तुम अकेली रह सकती हो।"

"रह नहीं सकती हूं, लेकिन रह लेती हूं।"

"हटाओ इन बेमानी बातों को। तुमने कहा है कि आज सुबह तक पीएंगे। फिर अखबार में नाम पढ़कर सो जाएंगे। दुनिया तलाश करे, लेकिन हम आराम से सोएंगे।"

"बिलकुल। मैंने यही कहा है। लेकिन तुम्हारा गिलास खाली नहीं।"

"मैं खाली कर देता हूं।"

रात व्यतीत होती गई। शराब के दौर चलते रहे। और वे बुरी तरह बहक गए।

उनकी दशा यह थी कि उनके शरीर पर कोई लिबास न था। सर्दी उन्हें परेशान न कर रही थी।

सुबह के चार बजे होंगे। वे नशे में धुत थे। उनमें इतनी हिम्मत न थी कि उठ सकें।

"मैं बाथरूम जाना चाहती हूं।" रजनी बोली।

"तो जाओ। कहो तो बाथरूम को यहां बुला लूं।"

"नहीं, बाथरूम यहां कैसे आ सकता है? फिर शायद बाथ-रूम ने भी व्हिस्की पी रखी हो। और वह भी तुम्हारे सर बनने की खुशी में पी रहा हो।"

"तुम्हारा मतलब है, हमें बाथरूम को भी व्हिस्की पिलानी चाहिए?"

"हां, क्या हर्ज है!"

"तो एक बोतल फ्लश में उंडेल दो।"

"नहीं, ऐसे नहीं।"

"फिर कैसे?"

"मैं बाथरूम जाऊंगी। लेकिन बाथरूम का फर्श तो संगमरमर का है और बहुत ठंडा होगा।"

"हां।"

"और मैं नंगे पांव नहीं जा सकती।"

"तुम्हारे सैंडल सामने पड़े हैं।"

"तुम उठाकर दो।"

"मैं लाता हूं।" कहकर सुरेश उठा। लेकिन वह लड़खड़ाकर गिरने लगा था कि उसने कुर्सी का सहारा लिया।

"सुरेश, तुम तो नशे में हो!"

"नहीं। यह फर्श हिल रहा है।"

"फर्श हिल रहा है!" रजनी खिलखिलाकर हंस पड़ी।

"हां।"कहकर सुरेश ने सैंडल उठाए। लेकिन वह फर्श पर बैठ गया। उसमें उठने की हिम्मत न थी।

"डार्लिंग, क्या हुआ?" कहकर रजनी सैंडल पहनने की कोशिश करने लगी। लेकिन पांव कहीं थे और सैंडल कहीं थे।

"मैं पहनाता हूं।" सुरेश कोशिश करने लगा। लेकिन सैंडल पहनाने में बड़ी कठिनाई हुई। और जब सैंडल पहनाए जा चुके तो रजनी उठी। वह दो कदम चली, लड़खड़ाई और फर्श पर गिर पड़ी।

तेरह

वह महान दिन आ पहुंचा। एक दिन पहले इन लोगों की रिहर्सल हुई जिन्हें उपाधियां वितरण की जानी थीं।

अगले दिन सर्जन सुरेश कपूर के साथ रजनी थी। चूंकि और कोई डाक्टर या सर्जन नहीं था, इसलिए किसीको पता न चला कि रजनी वहां मौजूद है।

सर्जन सुरेश कपूर ने कहा था कि उसकी पत्नी साथ होगी। और सरकारी अफसरों का विचार था कि यह उसकी पत्नी थी।

जब गवर्नर ने सुरेश कपूर को सर की उपाधि की घोषणा की तो लोगों ने तालियां पीटी और रजनी ने सबसे अधिक ज़ोर से तालियां पीटीं।

वहां फिल्म डिवीज़न के कैमरामैन थे और प्रेस फोटोग्राफर थे, जो फोटो खींच रहे थे।

एक प्रेस फोटोग्राफर को हिदायत देकर कि उन्हें तीन फोटो पहुंचा दिए जाएं और शेष कार्रवाई के बाद वे गवर्नर हाउस से बाहर निकले जहां उनकी कार खड़ी थी।

सुरेश ने जैसा कहा था वैसा ही किया। उसने सर की उपाधि वाला उपाधि-पत्र रजनी के कदमों पर रख दिया।

"सर रजनी !"

"धन्यवाद !" कहकर रजनी मुस्करा दी।

"अब क्या प्रोग्राम है ?" सुरेश ने कार स्टार्ट करते हुए कहा।

"सीधे मेरे फ्लैट पर।"

"यदि आज्ञा हो तो ज़रा-सा परिवर्तन कर ?"

"क्या ?"

"थोड़ी देर के लिए मैं घर जाना चाहता हूं।"

"पहले मेरे फ्लेट चलो। वहां एक-एक पेग हो जाए।"

"लेकिन आज शाम को पार्टी है। तमाम डाक्टरों ने पार्टी मांगी है। तुम जानती हो ?"

"कौन-से क्लब में ?"

"सुरेश ने क्लक का नाम बता दिया।"

"क्या सीता वहां आ रही है ?"

"नहीं।"

"फिर मैं वहां जाऊंगी।"

"अवश्य।"

मैं अब दुनिया की चिता नहीं करती। अब ना मैं पत्नी के

नाते गवर्नर हाउस भी हो आई हूं। अब मुझे कोई नहीं रोक सकता।"

"लेकिन रोक कौन रहा है?"

"सुरेश डार्लिंग! अब यदि किसीने मेरे रास्ते में बाधा डालने की कोशिश की तो मैं उसे···"

"हां, तुम उसे···।"

"रास्ते से हटा दूंगी?"

"मैं समझा नहीं। तुम्हारे रास्ते में कौन बाधित होगा? सब मित्र जानते हैं तुम मेरी कौन हो। क्या तुम्हारा संकेत सीता की ओर है?"

"हां।"

"वह तुम्हारे रास्ते में बाधा न डालेगी। विश्वास रखो।"

"लेकिन अब तक तो बाधित है।"

"बिलकुल नहीं।"

"यदि नहीं तो हम पति-पत्नी क्यों नहीं बन सकते? हमारा विवाह क्यों नहीं हो सकता?"

"क्या विवाह बहुत आवश्यक है?"

"अब हो गया है। अब मैं तुम्हारी पत्नी बनना चाहती हूं, प्रेमिका नहीं। मैं इस प्रेमी और प्रेमिका के ढोंग से तंग आ चुकी हूं।"

"लेकिन अब हमारे बीच क्या नहीं जो विवाह के बाद आ जाएगा?"

"तुम नहीं समझ सकते।"

"आज तुम मेरे साथ थीं। सर की उपाधि तुम्हारे कदमों में है, और मैं तुम्हारे फ्लैट पर जा रहा हूं। फिर पार्टी में भी तुम सम्मिलित होगी।"

"वह सब ठीक है, लेकिन अब मैं अनुभव करती हूं कि सीता मेरे रास्ते का रोड़ा है।"

"यह तुम्हारा भ्रम है।"

"आज यदि मैं तुम्हारी पत्नी होती तो और बात होती।"

"क्या मैं तुम्हें पत्नी बनाकर गवर्नर हाउस नहीं ले गया?"

"वह ठीक है। लेकिन···"

"खैर, आज मूड खराब न करो। आज खुशी का दिन है।"

"मैं जानती हूं। लेकिन मैं सब कुछ पाकर भी कुछ खो रही हूं। किसी चीज़ की कमी है, जो बुरी तरह खटकती है।"

"अब यह त्रिया-हठ है।"

"जो मर्ज़ी कहो।"

"वैसे आज रात मैं तुम्हारे यहां बिता रहा हूं।"

"धन्यवाद।"

"धन्यवाद की आवश्यकता नहीं।"

"लेकिन तुमने तो यूं कहा है जैसे मैंने पाबंदी लगा रखी है।"

फ्लैट आ गया था। रजनी ने ताला खोला और वे भीतर चले गए।

"सर सर्जन सुरेश कपूर!" रजनी ने कहा और उसे बाहुपाश में समेट लिया।

"मेरी प्रेयसी!"

"हां, केवल प्रेयसी।"

"सब कुछ।"

"अच्छा मैं जाम तैयार करती हूं, लेकिन तुम घर पर दस. मिनट से अधिक न रुकोगे।"

"वायदा।"

"लोटकर यहां आओगे और यहां से इकट्ठे पार्टी में चलेंगे।"

"वायदा।"

"तो मैं अभी पेग तैयार करती हूं।" कहकर वह वार्ड रोब की ओर बढ़ी। उसने दो गिलास तैयार किए।

"सर सर्जन सुरेश कपूर के नाम।" रजनी ने गिलास देते हुए कहा।

"सर रजनी के नाम जिसके कदमों में उपाधि-पन्न है।"

"इस तरह से कोई सर नहीं बन जाता।"

"लेकिन मैं बनाता हूं।"

"तुम वाइसराय नहीं, गवर्नर भी नहीं।"

"और तुम्हारा पति भी नहीं, जिसका मुझे खेद है।" कहकर उसने गिलास होंठों से लगा लिया और एक ही बार में गिलास खाली कर दिया।

रजनी ने भी ऐसा ही किया। उसने गिलास रखकर कहा, "अब फिर वही एकान्त होगा।"

"लेकिन पन्द्रह मिनट जाने के, पन्द्रह मिनट आने के और दस मिनट घर में। घड़ी देख लो। मैं चालीस मिनट बाद यहां होऊंगा।" कहकर सुरेश दरवाज़े की ओर बढ़ा।

"कहां जा रहे हो?"

"घर।"

"देखा! आखिर सच सच है। तुम इसे कभी घर नहीं कह सकते।"

"मैं इसे भी घर कहता हूं।"

"खैर, यह उपाधि भूल रहे हो। घर में दिखाओगे क्या?"

"ओह! सचमुच गलती हो गई।"

रजनी ने उपाधि-पत्र उठाकर सुरेश की ओर बढ़ा दिया।

"रजनी, गवर्नर ने तो कर्तव्य-पालन किया था, तुम प्यार निभा रही हो।" सुरेश ने कहा, "चालीस मिनट बाद मैं यहां हूंगा।"

"मैं जानती हूं।"

सुरेश निकल आया। जब वह घर पहुंचा तो सीता आरती की थाली तैयार किए उसकी प्रतीक्षा कर रही थी।

सुरेश ने उसे सूचना दी कि आज उसके सम्मान में क्लब में एक पार्टी है और एक पार्टी वह फिर किसी दिन अपने घर में देगा।

इसपर सीता ने कहा, "आज की पार्टी में मैं भी जाना चाहती हूं। कहां हो रही है पार्टी?"

सुरेश ने क्लब का नाम बता दिया। लेकिन उसे अपनी गलती का आभास देर से हुआ।

"तो मैं भी चलूंगी। मैं जीवन में कभी तुम्हारे साथ नहीं गई, लेकिन आज अवश्य जाऊंगी।"

"आज नहीं।"

"क्यों? क्या मैं पत्नी नहीं? तुम सारी उम्र इस भावना का शिकार रहे हो कि मैं सुन्दर नहीं हूं। लेकिन हर सुन्दर औरत भी बुढ़ापे की शिकार होती है। और लोग अपनी बूढ़ी पत्नियों को छोड़ नहीं देते। अब किसको चिंता है कि मैं सुन्दर हूं या नहीं!"

"लेकिन सीता, वहां ड्रिंक प्रोग्राम है। और तुम इसे पसन्द नहीं करोगी।"

"तुम पीकर घर आते हो तो क्या मैं पसन्द नहीं करती? क्या मैंने कभी तुम्हारे पीने पर आपत्ति की है?"

"वह और बात है। मैंने कहा न कि एक पार्टी घर पर करेंगे। वह तुम्हारी ओर से होगी। तुम जिसे चाहों बुला लेना।"

"लेकिन आज क्यों नहीं? क्या मैं इतनी बड़ी खुशी में सम्मिलित नहीं हो सकती?"

"तुम्हारी खशी भी पूरी हो जाएगी।"

"वहां तुम्हारी वह सेक्रेटरी भी होगी?"

"शायद।"

"यदि वह हो सकती है तो पत्नी क्यों नहीं?"

"मैंने कहा शायद।"

"मैं जानती हूं वह होगी।"

"खैर, आज झगड़ने का दिन नहीं। जिस दिन तुम पार्टी करोगी, तुम उसे न बुलाना।" सुरेश ने कहा, "अब मैं जा रहा हूं। अभी मुझे कुछ लोगों से मिलना है।"

"और मैं पार्टी में नहीं हूंगी?" सीता ने कहा।

सुरेश ने उत्तर न दिया। वह कमरे से निकल गया। वह इस समय बहस के मूड में न था।

वह सीधा रजनी के पास पहुंचा।

"देर तो नहीं हुई?"

"केवल पांच मिनट अधिक लिए।"

"माफी चाहता हूं। वहां तो बात ही बिगड़ गई थी। सीता पार्टी में जाने की हठ करने लगी थी।"

"फिर?"

"मैंने रोक दिया और कहा कि एक पार्टी वह घर पर दे।"

"अच्छा किया।"

"लो अब तैयार हो जाओ।"

"तैयार! जानते हो आज मैं दुल्हन की भांति सजना चाहती हूं।"

"तो रोक कौन रहा है?"

"लेकिन मैं दुल्हन नहीं बन सकती। मैंने आज के लिए एक खास साड़ी खरीदी थी। वही पहनकर जा रही हूं।"

"इसका मतलब है तुम आधे घंटे में तैयार होगी।"

"मैं रोज़ प्रतीक्षा करती हूं और आज तुम प्रतीक्षा से घबरा रहे हो?"

"नहीं। इतने में व्हिस्की का एक पेग खाली करता हूं।"

"मैं बनाती हूं।"

"नहीं, तुम तैयारी शुरू करो।"

सुरेश पेग बनाने लगा और रजनी कपड़े बदलने लगी।

"आज जब तुम मेरे साथ क्लब के हाल में प्रविष्ट होगी तो तमाप अतिथि क्या कहेंगे ?"

"मैं गवर्नर हाउस तुम्हारे साथ हो आई हूं। अब कहने के लिए क्या रह गया है ?"

"यह भी ठीक है।"

"ठीक है या गलत, लेकिन मैं जानती हूं कि 'सर' के खिताब के साथ-साथ दुनिया को यह भी पता चल जाए कि मैं तुम्हारी क्या हूं।"

"वह तो सब जानते हैं।"

"लेकिन आज सब जल जाएंगे।"

"जिस तरीके से तुम तैयारी कर रही हो, उसके बाद तो संदेह की गुंजाइश नहीं रहती। तुम तो बिजली बन रही हो। न मालूम कहां गिरो !"

"जो भी मेरे रास्ते में आया उसे धूल कर दूंगी।"

"भगवान न करे। लेकिन रजनी डालिंग, आज के बाद तुम्हें मुझसे कोई शिकायत नहीं होनी चाहिए।"

"मुझे शिकायत थी ही कब ?"

"और होनी भी नहीं चाहिए।"

"गवर्नर आ रहा है ?"

"शायद। उन्होंने जब गवर्नर हाउस में बधाई दी थी तब मैंने कहा था कि आप तशरीफ लाइए। उन्होंने उत्तर दिया था कि मैं कोशिश करूंगा। चाहे पांच मिनट के लिए आऊं।"

"पांच मिनट बहुत हैं। क्या इस बार मुझे मिलवाओगे ?"

"अवश्य।"

"मेरी सेक्रेटरी रजनी कहकर ?"

"अभी तो यही कह सकता हूं।"

"हां, मैं जानती हूं। वह दिन कभी न आएगा जब तुम कहोगे कि मेरी पत्नी रजनी कपूर।"

"तुम जानती हो कि मैं यही कहना चाहता हूं। लेकिन परि-

स्थिति हमारे वश में नहीं। इसलिए कह नहीं सकता।"

"खैर, मैं इसी रिश्ते से संतुष्ट हूं।"

एक घंटे बाद वे क्लब में थे। पूरा हाल इनके लिए बुक था, और लगभग दो सौ अतिथियों के आगमन का विचार था। सुरेश और रजनी जब प्रविष्ट हुए तो अभी कोई मेहमान न आया था। उनका स्वागत क्लब-सेक्रेटरी और मैनेजर ने किया।

"सर, जो कुछ आपने कहा था, हमने उसका प्रबन्ध कर डाला है।" मैनेजर ने कहा।

"धन्यवाद।"

"हमारी ओर से भी बधाई स्वीकार कीजिए।" सेक्रेटरी ने कहा।

"धन्यवाद।"

"मैं ड्यूटी पर हूंगा।" मैनेजर ने कहा।

"ठीक।"

"अतिथियों का स्वागत किस प्रकार करना है?" रजनी बोली।

"तुम्हारा मतलब है मैं दरवाज़े में खड़ा होऊं?"

"क्यों नहीं! आखिर प्रत्येक व्यक्ति बधाई देगा। वहां स्वागत भी हो जाएगा और बधाई भी मिल जाएगी।"

"विचार बुरा नहीं।"

"मैं एक सफल सेक्रेटरी हूं, और सारे आदाब जानती हूं।"

"तमाम!" सुरेश ने हंसकर कहा।

कुछ देर बाद मेहमान आने आरम्भ हो गए। बहुत-से लोग अपनी-अपनी पत्नी के साथ आए थे। सुरेश उनका स्वागत करता, बधाई स्वीकार करता और भीतर भेज देता।

वेटर व्हिस्की के पेग ट्रे में उठाकर घूमने लगे। खाने की मेज़ पर तली हुई वस्तुएं थीं। कबाब, कलेजी, मछली, नमकीन बादाम, काजू।

लोग गिलास उठाए इधर-उधर घूम रहे थे या पांच-सात मित्रों की टोली जमा हो जाती थी।

प्रत्येक ग्रुप का एक ही विषय था—सुरेश और रजनी।

नो बजे महफिल पर रंग जमना आरंभ हो गया। हर कोई

दो से चार पेग तक पी चुका था। कुछ तेज़ पीने वाले छठा पेग पी रहे थे।

रजनी बिजली बनी अपना गिलास उठाए यहां-वहां घूम रही थी और लोगों की बधाई स्वीकार कर रही थी। कुछ लोगों ने तो हंसकर कह दिया था, "मिसेज़ रजनी, उपाधि की सही हकदार तो आप हैं।"

"यू नॉटी!" रजनी एक कातिलाना मुस्कान फेंकती और आगे बढ़ जाती, जहां दूसरा ग्रुप खड़ा होता।

वहां प्रत्येक पुरुष और स्त्री जानते थे कि रजनी का सुरेश से क्या सम्बन्ध है।

"कुछ सुना है?" डाक्टर खुराना ने अतिथियों को सम्बोधित किया।

"क्या?" लखनपाल ने कहा।

"आज गवर्नर हाउस के फंक्शन में रजनी मिसेज़ सुरेश कपूर की हैसियत से गई थी।" खुराना ने रहस्योद्घाटन किया।

"सचमुच?" डाक्टर मेहता ने आश्चर्य प्रकट किया।

"अब कसर क्या है! दोनों पति-पत्नी की भांति ही तो जीवन गुज़ार रहे हैं। महीने में अट्ठाईस दिन सुरेश रजनी के फ्लैट पर बसर करता है।" खन्ना ने कहा।

"ये विवाह क्यों नहीं कर लेते?" लखनपाल बोला।

"अब क्या विवाह से कम है! गवर्नर हाउस में रजनी गई। इस पार्टी में रजनी घूम रही है, मिसेज़ सुरेश नहीं।" खुराना ने कहा।

"वह घर में अपनी असुंदरता को रो रही होगी।" खन्ना ने कहा।

"लेकिन आज की पार्टी में तो उसे होना चाहिए था। आखिर हम सब विवाहित हैं। और कुछ ने बहुत सुन्दर लड़कियों से विवाह किया था, लेकिन इस आयु में वे सुन्दर नहीं रहीं। अब इस आयु में सुरेश के भीतर आत्महीनता क्यों है कि इसकी पत्नी सुंदर नहीं है?" लखनपाल ने कहा।

"यह आत्महीनता का भाव कभी नहीं कहा जा सकता।" डाक्टर मेहता बोला।

"लेकिन एक पत्नी को उसके अधिकार और गौरव से वंचित

किया गया है।" डाक्टर खन्ना ने कहा।

"मित्रो!" डाक्टर मेहता बोला, "चुप।"

सब सतर्क हो गए।

"ज़रा देखो, दरवाज़े से पार्टी में सम्मिलित होने कौन आ रहा है!" डाक्टर मेहता ने कहा।

"यह···यह···" सबके मुंह से निकल गया।

"मिसेज़ सुरेश?" लखनपाल ने प्रश्न किया।

"हां।"

"बिन बुलाए अतिथि की हैसियत से!" डाक्टर खुराना ने कहा।

"उसके पति की शान में पार्टी का आयोजन हुआ है। फिर पत्नी बिन बुलाया अतिथि कैसे?" डाक्टर लखनपाल ने कहा।

सीता कपूर सीधी भीतर आ रही थी। कुछ लोगों ने उसे देखा। और जो उसे जानते न थे उन्होंने दूसरी बार देखने की चेष्टा न की। यानी किसीने उसे मान न दिया।

"यह तो बिफरी हुई नज़र आ रही है।" खन्ना बोला।

"भगवान कुशल करे। कहीं पार्टी में हंगामा न पैदा कर दे।"

सीता अतिथियों पर दृष्टि डालती हुई बढ़ती रही। वह खुराना के ग्रुप के पास से भी गुज़री, लेकिन किसी डाक्टर ने उसे नमस्ते न कही और न ही बधाई दी। फिर शेष से क्या आशा की जा सकती थी!

डाक्टर सुरेश किसी वी॰ आई॰ पी॰ से बात कर रहा था। सीता उसे देखकर सीधी वहां पहुंची।

"तुम!" डाक्टर सुरेश ने आश्चर्य से प्रश्न किया।

"हां, मैं।"

"लेकिन, लेकिन···"

"लेकिन तुमने मना किया था, और मैं फिर भी चली आई। इसलिए कि यह मेरा अधिकार है। और तुम मुझसे मेरा अधिकार नहीं छीन सकते।"

"एक मिनट!" सुरेश वी॰ आई॰पी॰ से सम्बोधित हुआ।

"हां, हां, बात करो।" कहकर वह हट गया।

अब केवल वे दोनों रह गए।

"लेकिन मैंने तुम्हें मना किया था कि यहां न आना।" सुरेश

ने क्रोध दबाते हुए कहा।

"और मैं चली आई।"

"यहां शराब और मांस की महफिल है। तुम यहां क्या करोगी?"

"मैं इन शराबियों का तमाशा देखूंगी।"

"सीता! तुम घर जाओ।"

"वह बाज़ारी औरत जाए।" सीता ने होंठ काटकर कहा।

"कौन बाज़ारी औरत?"

"वह तुम्हारी सेक्रेटरी, जिसे तुम पत्नी बनाकर आज गवर्नर हाउस ले गए थे।"

"तुमसे किसने कहा?"

"तुम्हारे किसी कृपालु ने। तुम्हें अपने मित्रों पर बहुत गर्व है। ख़ैर, तो वह रंडी, वेश्या, बाज़ारी औरत तुम्हारी पत्नी है!"

"सीता, होश करो। यहां दो सौ अतिथि उपस्थित हैं। यदि तुम कोई बात करना चाहती हो तो घर पर करना। यह जगह उपयुक्त नहीं।"

"मैं उससे डरती हूं?"

"लेकिन यह मेरी इज़्ज़त का प्रश्न है। और मैं तुम्हें अपनी इज़्ज़त का वास्ता देता हूं। ये बातें कल भी हो सकती हैं।"

"लेकिन मैं अभी करना चाहती हूं। लो वह आ रही है कुटनी।"

"सीता, होश करो। यहां ऐसी-वैसी कोई हरकत न करना।"

"तुम्हारी इज़्ज़त का सवाल है! और मेरी इज़्ज़त?"

"उसे कुछ नहीं हुआ।"

रजनी नशे में थी और बहकते कदमों से गिलास उठाए इधर ही चली आ रही थी।

"तो तुम यहां हो?" सीता ने कहा। रजनी निकट आ गई थी।

"जी!"

"तुम दो टके की रंडी हो! वेश्या! तुम्हारी यह मजाल!" सीता चिल्लाई।

सारे हाल में सन्नाटा छा गया और हर किसीका ध्यान उधर आकृष्ट हो गया। सब लोग हैरान थे कि यह शोर कैसा है।

"क्या कहा तुमने?"

"तो तुम बहरी भी हो? लेकिन तुम तो सर सर्जन सुरेश कपूर की सेक्रेटरी हो। सर सुरेश कपूर मशहूर सर्जन हैं। क्या वह तुम्हारे कानों का इलाज नहीं कर सके? दो टके की बाज़ारी औरत! तुम्हारी यह हिम्मत!"

"तुम क्या बक रही हो?" रजनी यह सब कैसे सहन कर सकती थी! इसीलिए उसे क्रोध आ गया।

"रजनी! प्लीज़, तुम यहां से हट जाओ।" सुरेश ने कहा।

"क्यों हट जाऊं? इस ज़लील औरत ने मुझे गाली दी है।"

"हां, गाली दी है मैंने। कमीनी! कमज़ात! रंडी! वेश्या! तू आज डाक्टर सुरेश कपूर की पत्नी बनकर गवर्नर हाउस गई थी!" सीता ने गरजकर कहा।

"सीता, होश करो।"

"तुम चुप रहो। मैंने एक बार तुम्हें कहा था कि तुम सर्जन हो, लोगों को जीवन-ज्योति देते हो, आंखें भी देते हो, लेकिन स्वयं अंधे हो। मैं, आज तक जो कुछ हुआ उसे सहन करती रही हूं, लेकिन मैं नहीं जानती थी कि बात यहां तक पहुंच जाएगी। यह रंडी तुम्हारी पत्नी बनकर गवर्नर हाउस जाएगी। मैं इसका मुंह नोच लूंगी। इसकी सूरत बिगाड़ दूंगी। इसे अपनी सुन्दरता पर गर्व है। मैं इसकी सुन्दरता नष्ट कर दूंगी। मैं अपने साथ तेज़ाब लाई हूं।" कहकर सीता ने पर्स से एक शीशी निकाली।

सुरेश ने झपटकर वह शीशी छीन ली। शीशी उसने जेब में डाल ली और सीता को बाज़ू से पकड़ लिया, "चलो।"

"छोड़ो मुझे।" और साथ ही सीता ने रजनी को बालों से पकड़ लिया, "मैं तुझे पत्नी बनाती हूं! रांड, कमीनी, कमज़ात!"

उसके बाद क्या हुआ, वह अपनी जगह एक कहानी है। पार्टी का मज़ा किरकिरा हो गया था। लेकिन रजनी एक शेरनी की भांति बिफरी हुई थी। उसने व्हिस्की का गिलास सीता के सिर पर दे मारा। सीता का सिर फट गया और खून बहने लगा।

सुरेश अकेला था। कोई उसकी सहायता को न आया। वह दोनों को अलग करने में सफल न हो सका।

डाक्टर खुराना का ग्रुप इनके पास पहुंच गया था। सुरेश चिल्लाया, "डाक्टर खुराना, खन्ना, रजनी को संभालो।"

चारों डाक्टरों ने रजनी को पकड़ लिया। अब सीता को

संभालना कठिन न था। सुरेश उसे बाज़ू से पकड़कर बाहर की ओर घसीटने लगा। सीता कंठ फाड़कर रजनी को गालियां दे रही थी।

आखिर सुरेश उसे बाहर ले गया।

"मैडम रजनी! अब होश में आइए।" खुराना ने कहा।

"होश में! मैं इस औरत को ज़िन्दा न छोडूंगी। इसने भरी महफिल में मेरा अपमान किया है।"

तमाम डाक्टर रजनी को समझाने-बुझाने लगे, लेकिन रजनी नशे में थी और इतनी आसानी से चुप न हो सकती थी।

"आप लोग पार्टी जारी रखें।" डाक्टर खुराना ने कहा, "छोटी-सी बात के लिए पार्टी का आनंद नहीं जाना चाहिए। वेटर, मेहमानों को व्हिस्की सर्व करो।"।

लेकिन पार्टी में मज़ा न रहा था। इसके साथ कानाफूसियां शुरू हो गई थीं।

हर कोई पूछ रहा था कि यह स्त्री कौन थी जिसने इतनी सुन्दर स्त्री का अपमान किया। हर किसीको रजनी से सहानुभूति थी। और वे उसे समझा रहे थे।

"मिसेज़ रजनी, मैं आपको घर छोड़ आऊं?" खुराना ने पूछा।"

"नहीं।" रजनी बिफरकर बोली, "मैं व्हिस्की पीना चाहती हूं। वेटर!" वह चिल्लाई।

वेटर व्हिस्की की ट्रे ले आया। रजनी ने एक गिलास उठाया और एक ही बार में खाली करके दूसरा उठा लिया।

"यह बात हुई।" कुछ लोगों ने तालियां बजाई।

रजनी ने अपना सिर गर्व से उठाया। और व्हिस्की पीने लगी।

पार्टी धीरे-धीरे रंग पर आने लगी।

चौदह

"मुझे पचास हज़ार रुपयों की आवश्यकता है।" रजनी ने गिलास से घूंट लेते हुए कहा।

"पचास हज़ार!" सुरेश ने आश्चर्यचकित होकर पूछा।

"हां, पचास हज़ार। न अधिक न कम।"

"लेकिन इतनी बड़ी रकम की आवश्यकता एकाएक कैसे आन पड़ी?"

"मैं अपने अपमान का बदला लेना चाहती हूं।"

"किस तरह?"

"मैं सीता को रास्ते से हटा दूंगी।"

"क्या मतलब?"

"मैं उसे कत्ल करा दूंगी।"

"कत्ल!" कहकर सुरेश हंस पड़ा, "कल करना मर्दों का काम है, औरतों का नहीं।"।

"लेकिन अब तुम एक बिफरी हुई औरत का बदला देखना।"

"और पचास हज़ार में यह काम हो जाएगा?"

"बिलकुल। मैंने बात कर ली है।"

"किससे?"

"जो कत्ल करेंगे।"

"पागल न बनो। एक छोटी-सी बात को तुम इतना बढ़ावा दे रही हो!"

"तुम इसे छोटी-सी बात कहते हो! उसने भरी महफिल में, जहां वी॰ आई॰ पी॰, करोड़पति और बड़े-बड़े अफसर थे, उस महफिल में उसने मेरा अपमान किया है।"

"उसके साथ मेरा भी हुआ है।"

"फिर?"

"तुमने इस अपमान का बदला उसी समय ले लिया था। तुमने उसके सिर पर गिलास मारकर उसका सिर फोड़ डाला।"

"लेकिन इससे मेरा बदला पूरा नहीं हुआ।"

"रजनी डार्लिंग! यह मामूली बात नहीं जो लोगों ने यही कहा कि पत्नी मूर्ख थी। उसे ऐसा नहीं करना चाहिए था।"

"और मेरे सम्बन्ध में?"

"तुम्हारे बारे में यही कि तुमने जोश में ऐसा किया। उस बात को भूल जाओ। ऐसी बातें जीवन में अक्सर हो जाती हैं, लेकिन उसे इतना अधिक महत्त्व नहीं देते। और कत्ल कराना या करना इतना आसान नहीं जितना तुम समझती हो।"

"तुम नहीं जानते, मेरे एक इशारे पर क्या कुछ हो सकता

है।"

"मैं जानता हूं," सुरेश ने मुस्कराकर कहा, "लेकिन यह बात ऐसी नहीं कि जिसकी खातिर किसीकी जान ली जाए।"

"लेकिन मैं यही करना चाहती हूं।"

"चलो मैं मान लेता हूं कि तुम कत्ल करा सकती हो, लेकिन कत्ल करना या कराना यदि आसान है तो उसे छुपाना उतना ही कठिन है। आखिर कत्ल मज़ाक नहीं जिसपर पर्दा डाल दिया जाए। और कानून के हाथ बहुत लम्बे हैं। कभी तुमने परिणाम भी सोचा है? यदि रहस्य खुल गया और कातिल पकड़े गए, तब? तुम्हारी स्कीम या षड्यन्त्र में कोई कमी रह गई तो वह कमी कातिल को फांसी के तख्ते पर चढ़ा सकती है।"

"मैं नादान बच्ची नहीं। मैंने जिन लोगों से बात की है, वे पेशेवर हत्यारे हैं। उन्होंने कई कत्ल किए हैं, और आज तक पकड़े नहीं गए। वे कोई सुराग नहीं छोड़ते।"

"यह तुम्हारा भ्रम है। स्काटलैंट यार्ड का कथन है कि दुनिया का सबसे बड़ा कातिल, सबसे होशियार चोर भी हमारे लिए कोई न कोई सुराग छोड़ जाता है और हम उसे गिरफ्तार कर लेते हैं। फिर मैं नहीं समझ सका कि एक मामूली-सी बात के लिए तुम इतना बड़ा कदम उठाने पर क्यों तुली हो!"

"इसलिए कि मैं तुमसे प्यार करती हूं और वह हमारे प्यार में बाधित है। मैंने एक दिन कहा था कि यदि कोई हमारे प्रेम में रुकावट डालेगा तो मैं उसे रास्ते से हटा दूंगी।"

"मुझे याद है।"

"और अब वह समय आ गया है।"

"मैं नहीं मानता।"

"क्या?"

"तुम मुझे पाने की खातिर उसे रास्ते से हटा रही हो। और यदि तुम्हारी स्कीम में कोई कमी रह गई और तुम पकड़ी गई तो बदनामी और निंदा तो मिलेगी ही, लेकिन साथ ही जो तुम चाहती हो वह तुमको न मिल सकेगा।"

"क्या मतलब?"

"तुम मुझे प्राप्त करना चाहती हो न?"

"हां।"

"यदि तुम पकड़ी जाती हो तो? और तुम्हें सज़ा हो जाती है तो? फिर तुम मुझे किस तरह प्राप्त करोगी?"

"लेकिन मैं पकड़ी नहीं जाऊंगी।"

"कारण?"

"कई है।"

"उदाहरणस्वरूप?"

"एक तो यह कि वे लोग पेशेवर कातिल हैं और कभी पकड़े न जाएंगे। पुलिस के लिए कोई सुराग न छोड़ेंगे। दूसरे···"

"दूसरे?"

"दूसरे, तुम गवर्नर और वाइसराय तक पहुंच रखते हो। क्या तुम अपने रसूख से इस केस को दबा नहीं सकते?"

"वह तो मैं कर सकता हूं।"

"फिर क्या बात है?"

"यही कि मैं इसके पक्ष में नहीं।"

"इसका मतलब है कि तुम मुझसे प्यार नहीं करते!"

"करता हूं. और केवल तुमसे करता हूं।"

"और तुम अपने प्यार की और प्रेमिका की बेइज़्ज़ती सहन कर सकते हो।"

"क्या मेरी बेइज़्ज़ती नहीं हुई?"

"नहीं।"

"नहीं कैसे? आखिर झगड़ा मेरी पत्नी और मेरी प्रेयसी के बीच हुआ था और जिसको आज तक पता न था उसे भी पता चल गया था कि तुम मेरी कौन हो। तो क्या मेरा अपमान न हुआ? मैं बदनाम न हुआ. ?"

"यदि यह बात है और तुम स्वीकार करते हो कि तुम्हारा अपमान हुआ है, तुम्हारी बदनामी हुई है और तुम हाथ पर हाथ धरे बैठे हो, इस अपमान और बदनामी को सहन कर सकते हो, तो तुम मर्द नहीं, कायर हो। तुम्हें चूड़ियां पहन लेनी चाहिए।"

सुरेश हंस दिया, "ऐसी बातें मुझे उत्तेजित नहीं कर सकतीं।"

"मैं जानती हूं।···तुम कहते हो कि तुम्हारी पहुंच है। तुम वाइसराय और गवर्नर को जब चाहो मिल सकते हो। लेकिन तुम पहले दरजे के कायर हो।"

"लेकिन मैं एक बात नहीं समझ सका।"

"तुम कुछ भी नहीं समझ सकते।"

"सुनो तो।"

"सुनाओ।"

"आखिर ऐसा कदम उठाने की आवश्यकता ही क्या है?"

"इसलिए कि तुम पहली बार मुझे पब्लिक में लेकर गए और मेरा अपमान हो गया। अब वह औरत हर जगह मेरा अपमान करेगी। मेरा जीना हराम कर देगी। और मैं यह सब कुछ न होने दूंगी।"

"लेकिन तुम ऐसा क्यों सोचती हो? हो सकता है वह उस दिन के हंगामे से लज्जित होकर पछता रही हो।"

"इससे क्या लाभ?"

"यही कि भविष्य में ऐसी हरकत न करेगी।"

"क्या तुम विश्वास दिला सकते हो?"

"विश्वास!"

"हां।"

"..."

"अब चुप क्यों हो गए? मैं जानती हूं कि तुम विश्वास नहीं दिला सकते। तुम भी जानते हो कि जब वह एक बार मैदान में उतर आई है तो उसे अब कोई न रोक सकेगा। वह हर बार मेरी और तुम्हारी बेइज़ती करेगी। इस अपमानजनक जीवन से तो मौत बेहतर है। यदि हम इस जन्म में पति-पत्नी नहीं बन सकते तो अगले जन्म में बनेंगे।" शराब अपना प्रभाव दिखा रही थी।

"यह सब सच है। लेकिन ऐसा कदम उठाने की ज़रूरत क्या है? कोई और रास्ता भी तो निकल सकता है।"

"तलाक वह तुम्हें देना नहीं चाहती। विवाह वह होने न देगी। फिर और कौन-सा रास्ता रह जाता है?"

"..."

"तुम मानते क्यों नहीं कि तुम कायर हो? इतनी पहुंच रखने के बाद भी तुम डरते हो! यदि पकड़ी गई तो मैं पकड़ी जाऊंगी। और विश्वास रखो कि मैं कभी न कहूंगी कि तुम इस षड्यंत्र में सम्मिलित थे। मैं फांसी के फंदे को गले में डाल सकती हूं, लेकिन तुमपर आंच न आने दूंगी। मैं जानती हूं तुम साधारण व्यक्ति

नहीं। तुम्हारी इज़्ज़त, आबरू नाम, ख्याति, कारोबार और तुम्हारी सर की उपाधि तबाह हो सकती हैं। मैं इतनी नादान नहीं जो इन्हें तबाह कर डालूं। तुम मुझपर और मेरे प्यार पर भरोसा रखो। यह तो मैं जान चुकी हूं कि हम इस जन्म में पति-पत्नी नहीं बन सकते।"

"ऐसा क्यों कहती हो! यदि सीता रास्ते से हट गई तो फिर हमें पति-पत्नी बनने से कौन रोक सकता है?" सुरेश पर भी शराब का असर शुरू हुआ।

"अब की है मर्दों वाली बात। मैं तो समझती थी तुम कायर हो और कायर ही रहोगे।"

"तुम्हारा प्लान क्या है?"

"वह मैं नहीं बताऊंगी। लेकिन विश्वास रखो तुमपर आंच न आएगी। तमाम काम ऐसी सफाई और होशियारी से होगा कि पुलिस के लिए कोई सबूत न बचेगा।"

"क्या वे लोग विश्वासपात्र हैं?"

"बिलकुल। फिर उन्हें अपनी जान प्यारी नहीं?"

"यह तो ठीक है।"

"फिर गलत क्या है? बताओ पचास हज़ार रुपया कब दे रहे हो?"

"रुपया तो कल मिल सकता है।"

"तो मैं एक सप्ताह में उसे रास्ते से हटा दूंगी।"

"क्या यह इतना सरल है?"

"इतना ही आसान, जिस आसानी से तुम आपरेशन करते हो। बल्कि उससे भी आसान।"

"रजनी डार्लिंग, जो करो सोच-समझ कर करना।"

"क्या मैं बच्ची हूं? वे लोग बहुत होशियार हैं और अपने काम में दक्ष हैं।"

"क्या मैं उन्हें मिल सकता हूं?"

"लेकिन मैं नहीं चाहूंगी।"

"क्यों?"

"इसलिए कि यदि एक प्रतिशत अवसर पैदा हो गया कि वे पकड़े जाएं, तो वे कभी न कह सकेंगे कि वे तुमसे मिले थे। मैं तुम्हें इस योजना से दूर रखना चाहती हूं। दिन, समय और स्थान

के बारे में भी न बताऊंगी। केवल तुम्हारा पैसा खर्च होगा। और बाद में थोड़ी-सी जान-पहचान या पहुंच···"

"पहुंच! रजनी डालिंग, मैं अब तक चुप था। तुम्हारा विचार है कि पुलिस मुझ पर हाथ डाल सकती है?"

"नहीं, नहीं। यदि वह मुझपर हाथ डाले, तो तुम्हारी पहुंच का आवश्यकता पड़ेगी।"

"दह में पूर्ण रूप से और ज़ोर से इस्तेमाल करूंगा।"

"बस फिर चिंता न करो। सब काम ठीक हो जाएगा।"

"लेकिन यदि तुम पकड़ी गई तो?"

"कुछ दिन की परेशानी होगी। मैं सम्मान के साथ रिहा हो जाऊंगी। लेकिन तुम्हारी खातिर, तुम्हारे प्यार की खातिर मैं वह परेशानी उठाने को तैयार हूं। मैं उस परेशानी से डरती नहीं। प्यार में कोई भी बलिदान बड़ा नहीं होता। बड़ी से बड़ी कुर्बानी भी साधारण बात होती है।"

"लेकिन रजनी डालिंग, हर कदम सोच-समझकर उठाना।"

"तुम बिलकुल चिंता न करो। और फिर मेरे प्यार पर भरोसा रखो।"

दौर चलता रहा। रात ढलती रही और प्यार जवान होता रहा। मर्जन कपूर की आंखें धुंधलाती गई।

रजनी ने जो कहा था, कर डाला।

सीता की हत्या हो गई। उसके शरीर पर चाक के अनेक घाव थे। मारने वाले या वालों ने उसे बेदर्दी से कत्ल न किया बल्कि इम विश्वास के साथ कत्ल किया कि उसके बचने की कोई संभावना न रहे।

अगले दिन के समाचारपत्रों में इस हत्या की सूचना ने सारे शहर में सनसनी दौड़ा दी।

अब छानबीन शुरू हुई। सीता की लाश जिस दशा में मिली, उससे साफ प्रकट था कि कत्ल करने वाले का इरादा डाका न था। सीता के कानों में हीरे के कांटे थे। गले में भारी नेकलेस, कलाइयों में आधी दर्जन चूड़ियां।

अब सर्जन सर सुरेश से पूछा गया तो उसका यही बयान था कि जब उसने कार कोठी के आगे रोकी तो वहां सीता की लाश

पड़ी थी। इससे अधिक वह कुछ नहीं जानता।

लेकिन जांच-पड़ताल करने वाले पुलिस अधिकारी कच्ची गोलियां नहीं खेलते।

फिर आखिर पुलिस ने रजनी को पकड़ लिया। सुरेश को हिरासत में तो न लिया जा सका लेकिन वे पूछताछ कर सकते थे। रजनी वी॰ आई॰ पी॰ न थी। उसके साथ वह सख्ती से व्यवहार कर सकते थे। उसे सख्त बात भी कह सकते थे।

चौबीस घंटे रजनी एक ही रट लगाती रही कि वह नहीं जानती। वह कुछ नहीं जानती।

चौबीस घंटे, छत्तीस घंटे हो गए। छत्तीस घंटे उसे सोने न दिया गया था। एक के बाद एक अफसर उससे प्रश्न पूछता रहा।

और आखिर छत्तीस घंटों के बाद रजनी ने हथियार डाल दिए। छत्तीस घंटे लगातार झूठ बोलना सरल नहीं। पुलिस के चुने हुए अफसर उससे प्रश्न कर रहे थे। वह इन प्रश्नों में उलझती गई, उलझती गई और यहां तक उलझ गई कि उसे स्वीकार करना पड़ा कि कत्ल उसने कराया था।

उसने कातिलों के नाम भी बता दिए।

पुलिस की टुकड़ियां कातिलों की तलाश में भागीं।

समाचारपत्र अपनी जगह सूचनाएं तलाश कर रहे थे।

आखिर छानबीन पूरी हो गई। रजनी ने स्वीकार कर लिया कि पैसा सुरेश ने दिया था, यानी सुरेश इस षड्यंत्र में सम्मिलित था। 1 अप्रैल, 1945 को पुलिस ने सुरेश के हाथों में हथकड़ी पहना दी। उसे जीवन में पहली बार पता चला कि हथकड़ी का लोहा ठंडा होता है।

●●●